세상S 현대 판타지 장편소설

WISHBOOKS MODERN FANTASY STORY

네 멋대로 던져라

네 멋대로 던져라 8

세상S 현대 판타지 장편소설

초판 1쇄 찍은 날 | 2019년 2월 15일
초판 1쇄 펴낸 날 | 2019년 2월 22일

지은이 | 세상S
펴낸이 | 예경원

기획 | 위시북스
편집책임 | 이규재
편집 | 위시북스

펴낸곳 | 예원북스
등록번호 | 제396-2012-000132호
등록일자 | 2012. 7. 25
KFN | 제1-372호

주소 | 경기도 고양시 일산동구 호수로 646-24 위너스21II빌딩 206A호 (우)10401
전화 | 031-819-9431 팩스 | 031-817-9432
E-mail | yewonbooks@naver.com

ⓒ세상S, 2018

ISBN 979-11-6424-137-8 04810
      979-11-89348-96-0 (set)

CONTENTS

44장 · 대박

I.

　2022년 1월, 메이저리그의 정식 홈페이지의 메인은 구현진이었다.

　시상식에서 발언 이후 구현진과 에인절스의 계약은 뜨거운 화두에 올랐다.

　각종 언론사며 TV 매체에서 구현진 특집을 다루고 있었다. 한 스포츠 채널에서도 전문가와 패널들이 나와 구현진에 관한 특집을 선보였다.

　'과연 구현진의 연봉은 과연 얼마가 적당할까?'

이런 주제로 각 전문가와 패널들이 한마디씩 하였다.

"지금 구현진 선수의 발언으로 인해 메이저리그가 뜨거워요."

"네, 그렇습니다. 아마도 구현진 선수는 장기 계약을 원하고 있다는 것을 구단에 어필한 것 같은데요. 2021년도에 구현진 선수는 커리어 하이를 찍었습니다. 아마도 자신의 능력을 보여주기 위해 작년 구단에서 원한 장기 계약을 거절했던 모양입니다. 하지만 올해는 다르죠, 과연 에인절스 구단에서 어떻게 나올 것인지 기대가 됩니다."

"자! 그럼 여기서 과연 구현진 선수는 장기 계약으로 얼마를 받아야 할까요?"

그러자 한 명의 패널이 마이크를 잡았다.

"2021년 구현진 선수는 24승을 했습니다. 패배는 한 번밖에 없었지요. 그야말로 어마어마한 실력을 보여줬습니다. 그렇다면 당연히 최고 대우를 해줘야 합니다."

"최고 대우라면……."

"커쇼의 연봉보다 더 많아야 한다고 봅니다."

"커, 커쇼……."

모두 놀란 눈이 되었다.

커쇼는 현존하는 최강의 투수로 불리는 사내였다.

물론 지금은 그 직함을 구현진에게 넘겨줘야겠지만, 여전히 최강이라는 수식어를 달고 다니는 사내였다.

"네, 그렇습니다. 현재 커쇼의 연봉은 3천 3백만 달러(367억원)입니다. 구현진 역시 매년 꾸준한 실력을 보여줬습니다. 메이저리그 첫해 18승을 올리며 신인왕을 받았고, 그다음 해도 마찬가지입니다. 작년에 연봉 조정 신청을 통해 1,150만 달러를 받았고, 그러면서 25승을 올렸습니다. 구현진의 최대 장점은 꾸준함입니다. 게다가 매년 실력이 올라가고 있습니다. 아직 20대 초반인 점을 감안하면 앞으로 구현진의 능력은 무한합니다."

"그래서 메이저리그 최고 연봉을 줘야 한다는 것입니까?"

"네, 그렇습니다."

"그럼 다른 분들의 의견은 어떻습니까?"

"저도 같은 생각입니다. 꾸준함과 젊은 나이! 그리고 앞으로 올릴 승수를 생각하면 최고 수준의 연봉을 줘야 한다고 생각을 합니다."

"네, 맞습니다. 커쇼와 비교가 될 만한 수준의 연봉이라면 아마도 구현진 선수가 도장을 찍지 않을까 생각합니다."

"그럼 3천 3백만 달러 정도는 되어야 한단 말입니까?"

"그것보다는 더 되어야겠죠?"

"아, 그렇군요. 잘 알겠습니다."

팬들 역시 각양각색의 반응을 보였다.

└아마 에인절스 구단에서 생각하는 연봉 총액은 커쇼가 계약한 2억 1,500만 달러보다 많을 거야.

어느 팬이 남긴 댓글로 인해 에인절스 팬들과 다른 구단의 팬들끼리 약간의 충돌도 있었다.

└뭐? 커쇼보다 많이 받는다고? 구가 커쇼보다 뛰어나다고? 믿을 수 없어. 말도 되지 않는 금액이야.

└맞아, 진짜 너무 비싸! 그 금액으로 계약하면 에인절스는 크게 당할걸! 이건 장담해도 좋아!

└구가 지금까지 잘 던진 것은 알고 있어. 하지만 과연 그 금액만 한 가치가 있는 선수인지는 한 번쯤 생각해 봐야 할 문제인 것 같은데.

└앞날은 아무도 모르는 거야! 지금까지는 커쇼급은 되는 것 같은데, 물론 커쇼보다 잘하는 건지는 모르겠지만.

└하긴, 전문가들도 저런 식으로 얘기하면 안 되지. 자기 돈 아니라고 막말하는 거 아냐?

반면 에인절스 팬들은 달랐다. 그들은 이미 구현진에게 깊은 감동을 받은 상태였다.

'에인절스에 남고 싶다.'

이 말이 모든 에인절스 팬의 심금을 울린 것이다.

└너희가 뭐라고 해도 구현진은 우리 에인절스의 보배며, 프랜차이즈 스타야. 에인절스 구단 측이 구현진에게 그만한 보상을 해줄 거라 믿어.
└에이, 커쇼보다는 더 줘야지. 구는 충분히 그럴 가치가 있어.
└만약 구를 장기 계약으로 묶지 못한다면 난 에인절스 팬 그만둘 거야.
└구는 반드시 잡아야 해.
└구가 남겠다고 한 이상, 구단은 꼭 책임져 주길 바란다.
└구! 고마워. 남는다고 해줘서.
└그래! 얼마를 줘도 좋으니 제발…….

그 밑의 댓글은 전부 '나도, 나도, 나도…….'로 도배가 되었다.

그 시각 피터 레이놀 단장은 실시간으로 올라오는 구단 홈페이지의 댓글을 보고 있었다. 구를 향한 여론은 뜨겁고 열정

적이었다.

"하아……."

옆에서 지켜보던 보좌관 레이 심슨이 고개를 들었다.

"왜 그러십니까?"

"이걸 보고 있으니, 한숨만 절로 나오네."

레이 심슨이 힐끔 모니터를 보았다. 팬들의 여론을 확인한 레이 심슨이 곧바로 말했다.

"아니, 왜 이런 걸 보십니까. 보지 마십시오."

레이 심슨이 서둘러 모니터 화면을 껐다. 피터 레이놀 단장이 의자 깊숙이 몸을 눕혔다.

"나도 안 보고 싶은데…… 어디 그게 마음대로 되나?"

"괜히 마음만 심란해지시잖아요."

레이 심슨의 말에 피터 레이놀 단장은 또다시 한숨을 내쉬었다.

"후우, 그보다 레이."

"네, 말씀하세요."

"지금 이 상황에서 우리가 구를 놓치면 어떻게 될 것 같나?"

피터 레이놀 단장이 걱정이 가득한 얼굴로 물었다. 레이 심슨 보좌관은 마치 자기 일이 아닌 듯 퉁명스럽게 대답했다.

"뭐, 어떻게 되겠어요. 상당히 위험해지겠죠. 말해 뭐 하겠어요."

"그치? 그러겠지?"

피터 레이놀 단장은 머리를 움켜쥔 채 괴로워했다. 그러다가 다시 고개를 들어 불쌍한 눈으로 레이 심슨을 바라보았다.

"그럼 내가 구현진과 계약하게 되면 어떻게 될까?"

"에이, 그럼 당연히……."

"당연히?"

"영웅이 되시죠. 단장님 자리도 더욱 굳건해지실 테고."

"못 하면 단장 자리에서 잘리나?"

"아마도 좀 위험하지 않을까요? 아니, 팬들이 가만히 있지 않을걸요."

"그렇겠지……."

피터 레이놀 단장은 곧바로 시무룩해졌다. 그러면서 한탄했다.

"난 구가 잘할 거라 예상했었어. 그래서 직접 대한민국으로 날아가 데려왔고. 그런데 솔직히 이렇게까지 잘해줄 거라고는 생각지 못했어."

"그러네요. 괴물로 커버렸죠."

레이 심슨은 여전히 자기 일이 아니라는 듯 대답했다. 그 모습에 기분이 나빠진 피터 레이놀 단장이 말했다.

"말을 왜 그렇게 해?"

"제가 어떻게 했는데요?"

"말 속에 감정이 없잖아. 감정이!"

"꼭 있어야 하나요?"

"그럼! 서로 걱정도 해주고…… 위로도 해주고 그래야지. 넌 말이야, 가끔 이럴 때 보면 로봇처럼 느껴져. 감정이 없단 말이야."

"그래요? 저 무지 걱정하고 있는데요? 그렇게 안 보이세요?"

레이 심슨이 피터 레이놀 단장을 뚫어져라 쳐다봤다. 그 모습을 본 피터 레이놀 단장이 손을 흔들었다.

"됐어, 어디 한두 번이냐?"

"그러게 한두 번도 아닌데 매번……."

"됐어, 인마! 그것보다 냉철하게 생각해서 얼마를 주면 잡을 수 있을까?"

조금 전 시무룩했던 표정은 온데간데없이, 피터 레이놀 단장은 어느새 사무적인 표정으로 돌아와 있었다. 손에 든 태블릿 화면을 바라보던 레이 심슨이 손을 부지런히 움직이며 말했다.

"지금 데이터를 내고는 있지만 아직 산출은 하지 못했습니다. 다만 한 가지 말씀드린다면 모든 것은 단장님께서 결정할 일이라는 겁니다."

레이 심슨은 한 발 빼는 분위기였다. 아니, 레이 심슨이라도 쉽게 결정을 내지 못했다. 그것을 가만히 지켜볼 피터 레이놀이 아니었다.

"내 결정? 그렇지만 나는 혼자가 아니지. 우린 친구 아니야? 친구끼리 조금 편안하게 말해봐. 정말 자네 의견을 듣고 싶어."

"저의 의견을 정말 듣고 싶은 겁니까?"

"그렇다니까……."

레이 심슨이 가만히 태블릿을 바라보다가, 이내 내려놓고는 말했다.

"제 의견은……."

"그래, 말해봐."

"팬들이 원하는 것을 들어주는 게 좋다고 생각합니다."

"팬?"

"네, 모니터링 결과 팬들이 원하는 것은 8년 계약에 3억 달러 선이었습니다. 5년 후에 옵트 아웃을 넣는 것도 좋겠죠."

"8년에 3억?"

피터 레이놀 단장의 눈빛이 반짝였다. 레이 심슨이 다시 태블릿을 들어 손가락을 움직였다.

"8년 3억이라고 해봤자 첫해에 3천만 달러를 넣고, 그 뒤에 3천 4백만, 이런 식으로 5년 동안 묶어두는 것입니다. 그 이후 3년 동안은 많은 연봉을 넣는 거죠. 어차피 5년이 끝나면 옵트 아웃을 할 것 같으니까요."

"으음…… 8년에 3억이라……."

피터 레이놀 단장은 곧바로 계산기를 두드렸다. 거의 4천만 달러에 달하는 금액이었다. 정말 어마어마한 금액이었다. 물론 초반에 약하게 가고, 5년 이후에 더 많은 금액을 써넣으면 될 것 같았다. 구현진이 납득할 수 있는 금액으로 말이다.

　커쇼는 올해 다저스에서 3천 3백만 달러를 받고 있었다. 두 번째 FA에서도 역시 대박을 터뜨린 것이다. 하지만 커쇼와 초반 활약을 비교해 보면, 실질적인 능력은 구현진이 커쇼를 능가하고 있었다.

　하물며 지금 상황에서 넘버 1은 역시 구현진이었다. 이 부분에 대해서는 말할 것도 없었다. 앞으로 구현진이 세울 기록과, 승수, 무한한 미래의 가치로는 충분한 것 같았다.

　"가만 보자, 앞에 5년 정도를 1억 7천 정도로 하고, 뒤에 3년을 1억 3천으로 맞추면 될까?"

　"만약 그렇게 되면……."

　레이 심슨이 또다시 태블릿을 두들겼다. 그리고 얼마 가지 않아 고개를 끄덕이며 말했다.

　"일단 5년간 1억 7천만 달러로 했을 때, 1년과 2년은 3천 2백만 달러로 가시고. 3년째와 4년째는 3천 4백만, 마지막 5년째에는 3천 8백만으로 하시면 될 것 같습니다. 그 뒤 3년은 5천만 달러로 잡으면 되겠네요."

　"으음, 그 정도면 될 것 같네."

피터 레이놀 단장도 만족했는지 흡족한 얼굴로 고개를 끄덕였다. 레이 심슨이 내놓은 계약서 세부 내용은 이랬다.

2022년 3,200만 달러.

2023년 3,200만 달러.

2024년 3,400만 달러.

2025년 3,400만 달러.

2026년 3,800만 달러.

2027년 4,500만 달러.

2028년 5,000만 달러.

2029년 5,500만 달러.

사이닝 보너스 2만 달러.

인센티브: 사이영 상 1만 5천 달러, 2위 만 달러, 3위 5천 달러. 220이닝 소화 시 만 달러. 탈삼진왕 1만 5천 달러.

옵트 아웃 조항: 5년 후 선수가 원할 경우 FA 신청 가능.

계약서를 받아 든 피터 레이놀 단장이 확인 후 미소를 지었다.

"어차피 5년 후 100% 옵트 아웃을 신청할 거니까. 뒤에 3년은 좀 과하게 불러도 되겠지."

"네, 어차피 그때는 다시 계약서를 작성해야 하니까요."

"그래, 그렇지. 이게 맞는데……."

피터 레이놀 단장이 계약서를 한참 동안 바라보더니 심각한 표정이 되었다.

레이 심슨이 조심스럽게 물었다.

"왜, 그러십니까?"

"그냥 좀 불안해서 말이야."

"제가 보기에는 이 정도면 충분하다고 보는데요."

"알아, 알고 있어. 그런데 작년에 구가 거절했던 기억이 순간 떠올라서 말이지. 이렇게 준비하고 갔는데 또 거절하면 어떻게 하지?"

피터 레이놀 단장이 불안해하자 레이 심슨이 차분하게 말했다.

"괜찮을 겁니다. 작년에는 그저 헐값으로 잡으려고 했던 것이 좀 컸죠. 하지만 이번에는 다릅니다. 구단에서 줄 수 있는 최대한의 금액을 제시했습니다. 어차피 선택은 선수 몫입니다."

"그래, 자네가 그리 생각한다면……."

피터 레이놀 단장이 고개를 끄덕였다.

구현진에게 주는 돈은 무려 연간 3천만 달러가 넘는 금액이었다. 빅리그 최고의 투수라는 커쇼급에 해당하는 큰 금액이다.

에인절스는 이 정도 되는 어마어마한 돈을 쏟아부었던 적은 거의 없었다. 구현진에게 최초로 베팅한 것이었다.

"좋아! 약속 잡게!"

피터 레이놀 단장이 곧바로 말했다. 레이 심슨이 고개를 끄덕인 후 전화를 걸었다.

"미스터 박! 에인절스의 레이입니다. 언제가 좋을 것 같습니까?"

2.

나른한 오후.

구현진은 집 앞마당에서 체력 훈련에 매진했다. 오프 시즌이라고 해서 몸을 가만히 두지 않았다. 어차피 아카네와의 휴가는 구단과의 계약이 만료된 후 떠나기로 했다.

그러는 동시에 가지고 있는 구종을 조금 더 다듬었다. 특히 슬라이더의 각을 조금 더 다듬었다.

슈우욱!

퍽!

마당 한구석에 마련된 투구 연습장에 구현진이 던진 공이 수두룩하게 널브러져 있었다. 그리고 또 하나의 공이 날카롭게 꺾이며 붉은 점에 꽂혔다.

퍽!

"후우."

구현진이 마운드에서 내려와 그늘 밑에 앉았다. 수건으로 땀을 닦고 물을 마셨다.

그때 아카네가 무언가를 들고 나왔다.

"아직도 연습 중이세요?"

"그건 뭐야?"

구현진은 아카네가 들고 나온 것을 보았다.

"아, 시원한 레모네이드예요."

아카네가 유리잔을 내밀었다.

"오오, 레모네이드!"

구현진 감탄하며 유리잔을 받았다. 얼음이 들어가 더욱 시원해 보였다.

"크으!"

레모네이드를 한잔 마신 구현진은 그 활력이 도는 신맛에 미간을 찌푸리며 감탄했다.

"크, 맛있다!"

구현진은 환한 얼굴로 아카네를 바라보았다. 아카네 역시 미소를 지으며 구현진 옆에 앉았다.

"아직이에요?"

"아니, 방금 끝났어."

"그럼 얼른 샤워해요."

"그래야지."

구현진은 자리에서 일어나 곧장 집 안으로 들어갔다. 그 뒤를 아카네가 따랐다.

12월 LA의 날씨는 평균 20도였다. 우리나라의 봄이나 가을과 비슷한 기온이었다. 다만 일교차가 심해 다소 옷차림에 신경을 써야 했다.

구현진과 아카네는 오랜만에 외출했다. 크리스마스이기도 했지만 무엇보다 부부가 된 후 처음으로 맞이하는 크리스마스라 둘은 한껏 분위기를 잡았다.

"와, 크리스마스이긴 한가 보네."

구현진이 거리에서 흘러나오는 캐롤에 귀를 기울였다. 팔짱을 낀 아카네도 환한 미소를 지었다.

"그러게요. 오빠! 저기 산타 할아버지도 있어요."

"어? 진짜!"

아카네가 가리킨 곳에는 산타 복장을 한 사람이 나와 아이들에게 선물을 주고 있었다. 그 모습을 지켜보던 구현진이 말했다.

"여기에 눈까지 오면 완전 대박인데!"

"그쵸. 저도 눈이 왔으면 좋겠다고 생각했어요."

"지금 도쿄에는 눈이 왔겠지?"

"아마도요."

비록 눈이 오지 않는 날씨였지만 구현진과 아카네는 즐겁게 크리스마스를 보내고 있었다. 아카네 역시 오랜만에 데이트라 즐겁기도 했다.

메이저리그 선수 대부분은 리프 오픈 시즌은 대개 가족들과 함께 시간을 보낸다. 한 해 동안 혹사당한 몸을 쉬게 해주기 위함도 있지만, 그동안 함께하지 못한 가족들과 여행을 떠나기도 한다.

구현진 역시 구단과 계약이 마무리되는 대로 아카네와 함께 여행을 갈 계획이었다. 그전에 크리스마스를 함께 보내는 것부터 시작했다.

즐겁게 식사를 마친 두 사람은 다시 거리로 나왔다. 거리에는 오색찬란한 불빛이 도시에 가득했다. 거리에는 연인, 친구, 부부가 저마다의 행복을 즐기며 크리스마스를 보내고 있었다. 그 속에 구현진과 아카네가 있었다.

거리를 잠시 걷던 구현진이 아카네를 보며 물었다.

"아카네."

"네?"

"크리스마스인데 받고 싶은 선물 없어?"

"선물요?"

"응, 선물."

"있어요!"

아카네가 환한 미소를 지었다. 구현진 역시 반색하며 물었다.

"뭔데? 뭐든 말해봐."

아카네가 살짝 수줍어하며 말했다.

"아, 아기요."

"아기? 그거야, 지금 당장에라도……."

구현진은 말을 하며 재빨리 주위를 둘러보았다. 마침 건너편에 호텔이 보였다.

"저기 있다, 가자!"

"네? 어딜요?"

구현진은 아카네의 손을 잡고 호텔로 이끌었다. 아카네는 순간 당황한 얼굴이 되었다.

"오, 오빠……."

"왜? 아기 선물 받고 싶다며."

"그, 그건 맞지만……."

아카네는 호텔을 바라보며 부끄러워했다.

"뭐, 어때? 우리가 불륜도 아니고 말이야. 결혼한 부부인데."

"그, 그래도……."

아카네는 잠시 망설여졌다. 하지만 구현진은 아카네의 손을 잡고 호텔 안으로 들어갔다.

"오늘은 크리스마스잖아! 이 정도는 해도 돼!"

구현진은 호기롭게 호텔 안으로 들어갔다. 그리고 약 10여 분 후 고개를 푹 숙인 채 호텔을 나왔다. 그 뒤에 웃고 있는 아카네가 있었다. 아카네는 풀이 죽어 있는 구현진의 어깨를 토닥였다.

"크리스마스잖아요. 당연히 방이 없겠죠."

"하아, 그래도 아쉽네."

"어쩌겠어요. 예약하지 않은 이상 방 구하기는 힘들다고 하는데요."

"그래도 눈먼 방이 있을지 몰라. 다른 호텔로 가자!"

구현진은 눈을 반짝이며 아카네의 손을 잡았다. 그러자 아카네가 그 자리에 멈추며 움직이지 않았다.

"왜?"

구현진이 돌아보았다. 아카네가 미소를 지으며 말했다.

"오빠, 우리 그냥 집에 가요."

"집에?"

"네, 오늘은 방 구하기 힘들 거예요."

"그래도 찾다 보면……."

"아뇨, 그렇게 힘들게 돌아다니지 말고 집에 가요. 오빠랑 오랜만에……."

아카네가 볼을 붉게 물들며 고개를 푹 숙였다.

"오랜만에 뭐?"

"같이 목욕……."

"같이 목욕하자고?"

구현진이 눈을 반짝이며 말하자 아카네가 살며시 고개를 끄덕였다.

"그래? 오랜만에? 좋아! 가자!"

구현진은 눈을 부릅뜨며 아카네를 이끌었다. 끌려가는 아카네는 나직이 소리쳤다.

"오빠, 천천히, 천천히요."

"안 돼! 나 지금 급해!"

집으로 돌아온 구현진과 아카네는 조명을 은은하게 켜고 분위기를 잡았다. 집에 오는 길에 최고급 와인도 한 병 샀다.

"룰루랄라."

구현진은 콧노래까지 부르며 욕실 탕에 거품을 만들고 있었다. 잠시 후 아카네가 욕실로 들어왔다.

"오빠, 저 왔어요."

아카네는 가운을 거칠고 수줍게 서 있었다. 구현진의 눈빛이 바뀌었다.

"아카네……."

구현진 역시 미소를 지으며 아카네를 불렀다.

"이리와."

구현진이 손을 내밀었다. 아카네가 고개를 끄덕이며 다가왔다. 두 사람은 손을 맞잡았다. 그리고 살며시 키스를 나누었다.

"아카네, 사랑해."

"저도 사랑해요."

다시 뜨거운 키스를 나누려고 하는 찰나 구현진의 스마트폰이 울렸다.

"또!"

"풉!"

아카네가 입을 막으며 웃었다. 구현진은 스마트 폰을 확인했다. 박동희에게서 온 전화였다.

"아무튼 이 형은…… 또 중요한 때에."

"어서 받아봐요. 아직 시간 많아요."

"응, 잠깐만."

구현진이 한쪽으로 물러나 전화를 받았다.

"여보세요, 타이밍이 절묘한 형님!"

-어? 타이밍? 왜? 뭔 일 했어?

수화기 너머 들려오는 박동희의 목소리는 정말 아무것도 모르는 사람처럼 느껴졌다.

"형, 정말 몰라서 물어요?"

-뭘?

"헐, 대박! 진짜 모르는 거예요? 알면서 모른 척하는 거 아니고?"

-뭘? 말을 해야 알지.

"오늘이 무슨 날인지 몰라요? 크리스마스잖아요!"

-알아, 크리스마스! 그래서?

"이런……. 형, 정말 심각하시네. 부탁하는데 형, 진짜 여자 친구 만들어요."

-뜬금없이 무슨 여자 친구는……. 아, 맞다!

박동희는 그제야 눈치를 챘다.

"지금 사무실에서 일하고 있었죠?"

-어어, 그래. 미안하다. 내가 방해했구나. 미안, 그럼 내일 통화하자. 미안해.

박동희는 정말 미안해하며 전화를 끊으려 했다. 그러자 구현진이 다급하게 말했다.

"아니야! 됐어! 이미 전화했잖아요. 무슨 일이에요?"

-구단에서 연락왔다. 이틀 후 단장실에서 만나기로 했어.

"혹시 장기 계약 건 때문이에요?"

-그래, 오늘 밤 비행기로 갈 거야.

"알았어요. 이따 봐요."

구현진은 전화를 끊었다. 잠시 스마트 폰을 바라보던 구현진이 고개를 돌려 아카네를 보았다.

환한 미소로 자신을 바라보는 아카네를 보며 구현진 역시 미소를 지었다. 그리고 두 팔을 천천히 벌렸다.

아카네가 고개를 살짝 끄덕이며 구현진 품에 안겼다.

"다 잘될 거예요. 다!"

"그래."

구현진은 아카네의 등을 토닥였다.

구현진과 박동희는 피터 레이놀 단장을 만났다. 단장실에서 회동을 한 이들은 악수를 나누며 서로의 안부를 물었다. 그리고 곧바로 본론으로 들어갔다. 먼저 입을 연 쪽은 피터 레이놀 단장이었다.

"길게 끌고 싶진 않습니다. 우리가 낼 수 있는 최선입니다."

피터 레이놀 단장은 자신감이 가득한 표정으로 계약서를 내밀었다. 박동희가 천천히 계약서를 들어 확인했다. 일단 계약금을 확인하고 눈을 크게 떴다.

"그렇군요. 확실히 성의가 느껴집니다."

"감사합니다. 저희는 구현진 선수가 확실하게 커쇼급이라고 생각했습니다. 아니, 그보다 더 위라고 판단했습니다. 그래서 그 정도 금액을 불렀습니다. 현재 메이저리그 투수 중에서는 최고 대우입니다."

"네, 구현진 선수를 이렇게 높게 평가해 주셔서 감사합니다."

박동희 역시 매우 만족스러운 금액이었다. 그리고 구현진에게 계약서를 보여주었다.

"내가 생각하기에는 이 정도면 충분한데. 구단에서도 엄청 신경 써줬다는 것을 알 수 있어. 아니, 4년 차 메이저리그 투수에게는 파격적인 대우야."

"저도 그렇게 생각해요."

구현진 역시 만족스러운 표정을 지으며 피터 레이놀 단장을 쳐다보았다.

"감사합니다, 단장님. 저를 이렇게까지 생각해 주셔서 말입니다."

"하핫, 당연합니다. 우리 에인절스의 에이스 아닙니까."

그제야 피터 레이놀 단장 표정도 밝아졌다. 저 정도면 충분히 사인할 것이라는 확신이 들었다.

그러는 사이 박동희는 세부적인 계약 조건을 확인했다.

"사이닝 보너스에 대해서 몇 가지 추가하고 싶은데 괜찮으시죠?"

"네, 물론이죠. 언제든지 상의해서 추가하도록 하죠."

피터 레이놀 단장이 환한 미소로 대답했다. 박동희는 몇 가지 조건을 더 추가했고, 피터 레이놀 단장도 흔쾌히 수락했다.

곧바로 계약서를 다시 만들어 구현진에게 내밀었다. 구현진과 박동희는 다시 꼼꼼히 살핀 후 서로를 바라보며 고개를 끄덕였다.

"형, 그럼 이제 사인한다."

"그래! 축하한다!"

"고마워, 형!"

구현진은 기분 좋게 사인했다. 피터 레이놀 단장 역시 사인했다. 사인을 마친 두 사람은 환한 미소로 악수를 나눴다.

"자! 이제 영원한 에인절스의 에이스가 되어주세요."

"에인절스 선수로 남아 있게 해준 단장님께 감사합니다."

두 사람은 기분 좋게 사인을 마쳤다.

그로부터 얼마의 시간이 지난 후 곧바로 에인절스 홈페이지에 구현진의 장기 계약에 대한 기사가 나갔다.

[구현진과 장기 계약 사인! 이제 영원한 에인절스의 에이스로 남게 되었다.]

그 후 홈페이지에는 수많은 네티즌이 몰려들었다. 한때 서버가 다운되기까지 했다.

그때를 같이해 각종 언론사와 신문사에도 이 소식이 빠르게 전파되었다.

[구현진 8년 3억 달러에 에인절스와 장기 계약!]

[구현진 에인절스에 뼈를 묻는다.]

[8년 3억 달러! 5년 후 옵트 아웃까지 넣은 구현진!]

[구현진 대박을 터뜨리다!]

각종 기사가 쏟아지며 팬들의 눈을 즐겁게 했다. 특히 에인절스 팬들은 두 손 들어 환영하는 분위기였다.

└오오, 구! 구가 에인절스에 남았어! 대박!

└구를 장기 계약으로 잡은 에인절스에 박수를 보낸다.

└그럼 내년에도 월드 시리즈 우승은 에인절스인가?

└세상에! 3년 연속 월드 시리즈 우승은 에인절스가 최초 아닌가?

└야! 김칫국부터 먹지 마!

└작년 우승한 멤버 그대로 남았잖아. 당연히 우승해야지.

└그건 둘째 치고, 구가 에인절스와 함께한다는 것이 중요해.

└맞아! 구! 진짜 영원한 에인절스 선수로 남아줘요.

└구! 구! 구! 구! 무슨 말이 필요할까!

국내 언론사들이 일제히 속보를 통해 구현진의 장기 계약을 알렸다.

[구현진 대박을 터뜨리다!]

[8년 3억 달러. 한화로 약 3,273억! 초대박 계약!]

[구현진 돈방석에 앉다!]

전문가들 역시 이번 계약을 보고 놀라는 분위기였다. 국내 언론들은 저마다 구현진에 대해서 대서특필했고, 구현진 특집까지 기획하기 시작했다.

"여기서 가장 중요한 것은 구현진은 아직 젊다는 것입니다. 5년 후 옵트 아웃을 실행하면 또다시 FA가 될 수 있어요. 그때 구현진 나이는 20대 후반입니다. 꾸준히 관리만 해주면 3번째 FA를 할 수 있어요."

그때 한 네티즌이 비시인사이드 갤러리에 한 문장을 올렸다.

[저렇게 엄청난 대박을 터뜨렸으면 기부는 안 하냐?]

그 밑에 어마어마한 댓글들이 달리기 시작했다.

└이봐! 너나 잘해! 너나!

└왜? 부럽냐? 배 아프겠지. 나도 아픈데!

└너도 야구 해서 구현진만큼 던져봐! 그럼 받을지도 몰라.

└먼저 너부터 기부하고 말해.

└이런 놈들이 꼭 자기만 잘 먹고 잘살 거야.

└구현진은 저렇게 돈을 벌어서 다 어디다 쓰려고? 진짜 부럽다. 부러우면 안 되는데……..

└어디다 쓰겠노! 여태까지 키워준 부모님한테 효도해야지.

이런 댓글을 구현진은 하나도 빠짐없이 보고 있었다.

"뭘 그렇게 봐요?"

"응, 기사에 댓글이 좀 달렸더라고."

"뭐라고 적혀 있어요?"

"별거 없어. 그보다."

"네?"

"지금 한국 가자!"

"한국이요? 이번 년은 힘들다고 했잖아요."

"아니야, 가야겠어. 아무래도 아버지가 너무 오래 혼자 사신 것 같아. 이번에 자리를 마련해 줘야겠어."

"자리요? 무슨……."

그때 아카네 머릿속에 한 명이 떠올랐다.

"아, 그분이요?"

아카네가 표정을 밝게 하며 피식 웃었다. 구현진 역시 따라 웃었다. 아카네가 자리에서 일어났다.

"알겠어요, 바로 준비할게요."

아카네는 신이 난 얼굴로 방에 들어갔다.

3.

"마, 지금 뭔 소리고?"

아버지가 깜짝 놀라며 소리쳤다. 옆에 다소곳이 앉아 있던 김 여사는 어찌할 바를 몰랐다.

"아이고……."

김 여사가 낮은 탄식을 내뱉었다. 눈가에는 눈물까지 고였다.

"이제야 내 맘을 알아주네."

김 여사는 말을 하면서 눈물까지 흘렸다. 그 모습을 보는 아버지가 버럭 소리를 질렀다.

"울긴 와 우노? 지금 눈물을 흘릴 때가?"

"눈물이 자꾸 나는 걸 우짭니까."

김 여사도 눈물을 훔치며 말했다.

"뚝 그치라. 그라고 이건 아니지."

아버지가 대뜸 구현진을 바라보았다. 눈을 부릅뜬 그가 말했다.

"현진아, 이건 아니다."

"아니긴 뭐가 아니에요. 두 분, 결혼하세요."

"됐다, 마! 치아라! 아버지 결혼 안 한다. 남사시럽고로 이 나이에 무신 결혼이고!"

그러자 구현진이 정색하며 말했다.

"아니, 여태까지 잘 지내고 계시면서 그런 말씀을 하세요. 아주머니 입장은 생각 안 하세요? 주변 사람도 두 분 관계 아는 사람은 다 알고 있을 텐데요."

"알기는 누가 안다고 그러노! 아무튼 난 싫다!"

아버지가 딱 잘라 말하자, 옆에 있던 김 여사는 서운한 표정을 지었다.

"현진이 아버지요. 아무리 그래도 정색하면서 딱 잘라 말할 건 없잖아요. 됐어요. 저도 안 해요."

김 여사가 자리에서 벌떡 일어나 나가려 했다. 구현진과 아카네가 난감한 표정이 되며 김 여사를 붙잡았다.

"아주머니!"

"어머니!"

김 여사는 두 사람이 붙잡자 걸음을 멈추었다. 하지만 이미 빈정이 상한 상태였다.

"마음 푸세요."

"아니야. 내한테 마음도 없다는 양반한테 내가 왜 매달려! 됐어, 이 정도면 충분해."

"에이, 그러지 마세요. 아버지가 부끄러워서 그러는 거예요."

"부, 부끄럽기는……. 내가 은제?"

"그러니까, 됐다고요. 저도 안 해요."

김 여사가 고개를 돌려 아버지를 보며 버럭 화를 냈다. 그동안의 서운을 폭발시키는 말이었다.

"아이고, 내가 미쳤나 보우. 미쳤어. 말년에 뭔 부귀영화를 누리겠다고 저 양반을……. 흥!"

김 여사는 서운함과 원망 어린 눈빛을 째려보았다. 그 눈빛을 본 아버지가 당황하며 말했다.

"저, 저, 여편네가……. 눈 부라리는 거 보소."

"아버지!"

"아버님!"

구현진과 아카네가 버럭 소리를 질렀다.

"야들이 와 이라노?"

아버지가 당황하며 말했다. 그때 뒤에서 김 여사의 흐느낌이 들려왔다. 구현진과 아카네가 김 여사를 달래주었다.

"아주머니, 괜찮아요. 원래 우리 아버지 저런 분이신 거 잘 아시잖아요. 그리고 아버지가 괜히 저러는 거예요. 화 푸세요."

"네, 어머니. 울지 마세요."

아카네는 꼬박꼬박 어머니라고 불렀다. 두 사람이 달래주자 김 여사는 눈물을 훔치며 아카네를 보았다.

"저기, 이거 누구 생각이니?"

아카네가 구현진을 바라보았다.

"그이 생각이에요. 그리고 제 생각도 이렇게 하는 게 맞는 것 같아요."

김 여사는 아카네의 두 손을 살며시 잡았다.

"너희 마음이 고맙다."

"아니에요."

김 여사는 아카네의 손을 어루만지며 말했다.

"걱정 말거라. 내가 알아서 하마."

그리곤 고개를 돌려 아버지를 바라보았다. 아버지는 김 여사와 눈빛이 마주치자 '어험' 하며 슬쩍 피했다.

"내가 이래 봬도 이대 나온 여자거든. 나도 자존심이 있단 말이야. 하긴 싫은 사람 억지로 끌어안고 싶진 않아."

"아니에요. 아버지는 아주머니 좋아해요."

"좋아하긴. 저 봐라, 싫어하는 티 팍팍 내고 있잖아."

보다 못한 구현진이 아버지에게 다가갔다.

"아버지."

"와?"

"아주머니가 싫어요?"

"……."

아버지는 입을 굳게 다물고 있었다.

"아버지가 진짜 싫으면 더 이상 강요하지 않고!"

아버지가 고개를 돌려 구현진을 보았다.

"니는 괜찮나?"

아버지가 뜬금없이 물었다.

"나야, 당연히 괜찮죠. 아무래도 아버지 혼자 있는 거 보면 걱정이 많이 되니까요. 하지만 아주머니께서 옆에 계신다면 저도 한시름 놓죠!"

"와, 니 아버지 미국 오지 말라고 그라는 기제?"

"아버지, 지난번에 미국 와서 3일도 못 버티고 한국으로 돌아간다고 난리 친 거 기억 안 나세요? 그때 생각하면 진짜로……."

아버지의 얼굴을 붉어지더니 소리쳤다.

"마, 왔다 갔다 하든 되지!"

"그럼 비행깃값은 누가 주는데요?"

"잘나가는 네가 있잖아. 비행깃값 그기 뭐 얼마나 한다고……."

아버지의 투정에 구현진은 한숨을 내쉬었다.

"하아, 아버지 제발……. 이제 아버지 인생 사세요. 아버지는 저한테 너무 기대는 것 같아요. 그리고 저는 계속 미국에 있을 텐데, 누가 아버지를 돌봐요. 아무리 생각해 봐도 미국은 아버지가 편히 살 수 있는 곳이 아니에요. 그러니까, 한국에서 아주머니랑 편히 지내세요. 저도 아주머니를 어머님처럼 모실

게요."

가만히 듣고 있던 아버지가 물었다.

"니, 그 말 진심이가?"

"그럼 진심이죠."

"니 혹시 애비가 귀찮아서 김 여사한테 떠넘기려고 하는 건 아니제?"

"아버지!"

구현진이 버럭 고함을 질렀다. 그러자 아버지가 귀를 막았다.

"야야, 귀청 떨어지겠다!"

"아버지는 하나밖에 없는 아들을 그리 나쁜 놈으로 만들고 싶어요?"

"아, 아이다. 내가 은제! 말이 그렇다는 기제."

"절대 아니에요, 절대!"

"안다, 아버지가 미안타."

아버지의 사과에 구현진의 얼굴이 풀어졌다.

"어쨌든! 아버지는 아주머니랑 결혼하신다는 거죠?"

"그, 그게 말이다……."

아버지는 계속해서 망설이는 것 같았다.

"내가 선수 생활 끝내고 한국 돌아오면 아버지한테 더 잘할 게요. 그러니까, 아주머니랑 행복하게 보내세요."

아버지는 구현진의 진심 어린 말에 잠시 고민하더니 고개를 끄덕였다.

"오야, 알았다. 하믄 되잖아."

아버지가 못 이기는 척 허락했다. 그 말을 듣는 순간 김 여사의 입꼬리가 귀에 걸렸다. 그리고 아버지 곁으로 가서 앉아 옆구리를 툭 쳤다.

"그리 말할 거면서, 튕기기는……."

"이, 이 여편네가 와 이라노."

아버지는 갑자기 얼굴을 붉히며 아들 내외의 눈치를 살폈다. 구현진과 아카네는 그저 방긋 웃을 뿐이었다. 아카네가 아버지의 팔짱을 꼈다.

"아버님!"

"야는 또 와 이라노. 아까는 뭐, 잡아먹을 것처럼 보더만."

"어멋! 아버님! 제가 그랬어요? 아마 잘못 봤을 거예요. 이렇게 귀여운 며느리가 아버님께요?"

"헉! 우리 며느리가 두 얼굴을 가졌어?"

"어머나! 제가요? 아니라니까요. 호호호! 아버님!"

아카네는 온갖 애교를 부리며 아버지를 달랬다. 아버지는 그런 며느리의 애교에 금세 미소를 지었다.

"오야, 오야! 우리 며느리."

구현진은 아카네와 아버지를 보다가 김 여사 곁으로 갔다.

"축하드립니다."

"고마워, 고마워."

"후후, 아니에요."

김 여사는 구현진의 손을 살며시 감쌌다. 그렇게 잠깐 시간이 흐른 후 아카네가 박수를 쳤다.

"맞다! 두 분 결혼식은 어떻게 해요?"

아카네가 구현진을 바라보았다.

"결혼식? 글쎄……."

구현진이 고개를 갸웃하며 잠시 고민했다. 그때 아버지가 말했다.

"결혼식은 무신 결혼식이고. 그냥 혼인 신고 하고 같이 살믄 되지. 나이 50이나 묵고 말이야. 그냥 물 한잔 떠놓고 서로 인사하믄 된다."

"에이, 아버지 그래도 그건 아니죠."

"맞아요, 아버님! 그래도 웨딩드레스는 입어야죠."

"남사스럽게 그게 무신 짓이고! 됐다!"

"그건 아버님께 물어보는 게 아니라 어머니께 물어봐야겠죠?"

아카네가 김 여사에게 쪼르르 뛰어갔다.

"어머니, 결혼식은 어떻게 하실래요?"

"결혼식? 그건……."

"아, 거참! 무신 결혼식이고! 됐다, 마! 치아라!"

아버지가 언성을 높이며 말했다.

그로부터 일주일 후······.

아버지는 구현진을 따라 웨딩샵에 들어갔다.

"여긴 어데고?"

"일단 와보세요."

아버지는 구현진을 따라 2층으로 올라갔다.

"일단 아버지 여기 앉아요."

구현진의 안내로 아버지는 소파에 앉았다. 주위를 두리번거리며 어리둥절한 표정을 지었다. 구현진이 방긋 웃으며 커튼이 쳐진 곳을 향해 소리쳤다.

"아카네, 준비 다 됐어?"

"네, 지금 나가요."

"아버지 지금 나온대요."

"나와? 누가?"

그때 커튼이 걷히며 하얀 웨딩드레스를 입은 김 여사가 서 있었다. 김 여사를 발견한 아버지가 눈을 크게 떴다.

"누, 누꼬? 김 여사가?"

김 여사는 수줍게 고개를 끄덕였다.

"뭐, 뭐꼬? 무신 웨딩드레스고!"

아버지는 부끄러운지 엉덩이를 들썩이며 말했다. 하지만 눈은 김 여사의 웨딩드레스에 향해 있었다. 입가에는 미소가 가득했다.

"결혼식은 못 하더라도 턱시도와 웨딩드레스를 입은 사진 하나쯤은 있어야죠."

구현진의 말에 아버지는 아무런 말도 하지 않았다.

"자, 이제 아버지 차례예요. 어서 들어가세요."

"야가 오늘따라 와 이라노!"

"에이, 어서요! 아주머니 기다리시잖아요."

아버지는 못 이기는 척 구현진에게 이끌려 턱시도를 입으러 안으로 들어갔다.

그렇게 아버지와 김 여사는 웨딩 촬영으로 결혼식을 대신했다. 그렇게 예쁜 결혼식 사진과 가족사진이 생겨났다.

"마, 됐다!"

"아버지, 그냥 가세요!"

구현진과 아버지는 또다시 실랑이를 벌이고 있었다.

"결혼 사진이믄 됐지. 무신 신혼여행이고!"

"외국은 아니지만 그래도 오늘 결혼까지 했는데 신혼여행은 다녀와야죠. 그냥 제주도예요. 다녀오세요."

"아이다, 됐다."

"에이, 지금 아버지가 안 가면 이 티켓 버려야 해요. 예약한 호텔도 날려야 하고요. 그거 그냥 그렇게 할까요?"

그때 참다못한 김 여사가 나섰다.

"아이들이 정성을 다해서 준비해 줬는데, 그냥 못 이긴 척하고 다녀와요."

"이 여편네아, 우리가 나이가 몇 살이고? 이팔청춘도 아니고 신혼여행은 무슨!"

"아이고, 아버지 제발 부탁이니까. 다녀오세요."

"아버님, 다녀오세요."

구현진과 아카네는 억지로 아버지를 차에 태워 공항으로 보냈다. 구현진과 아카네는 멀어지는 두 사람을 향해 끝까지 손을 흔들어주었다. 억지로 아버지를 보낸 구현진이 가만히 아카네를 안아주었다.

"고생했어, 아카네."

"……."

그런데 아카네에게서 말이 들려오지 않았다. 구현진이 고개를 돌려 아카네를 보았다. 아카네의 얼굴에는 핏기 하나 없었다.

"왜 그래 아카네. 어디 몸이 불편해?"

"아니요, 그게 몸이 으슬으슬 춥고, 오한이 드네요."

"우리 마누라, 결혼식 준비 하느라 무리했네. 일단 병원에 가자."

"에이, 병원은요. 그냥 약국에 가서 약 사 먹으면 되요."

"아니야. 병원 가야 해!"

구현진은 아카네를 이끌고 곧바로 병원으로 갔다.

구현진과 아카네는 긴장된 표정으로 의사를 바라봤다. 의사는 사뭇 진지한 표정으로 말했다.

"움, 병원을 잘못 오셨나 보네요."

"네? 왜요? 어디 많이 안 좋나요?"

구현진이 잔뜩 걱정된 표정으로 물었다. 그러자 의사가 환하게 웃으며 말했다.

"하하하, 아뇨. 그냥 약간 과로한 것이 다입니다. 하지만 다른 과에 가보셔야 할 것 같습니다."

"다른 과라면?"

구현진과 아카네가 놀란 눈으로 바라보았다. 의사는 환한 미소로 말했다.

"산부인과에 가보셔야 할 것 같습니다."

"사, 산부인과요?"

아카네가 깜짝 놀라며 되물었다.

"네, 산부인과. 아무래도 임신이신 것 같습니다."

"이, 임신요? 진짜요?"

"네."

"아카네!"

"오빠!"

두 사람의 표정이 점점 환해졌다.

4.

"자! 조심, 조심……"

구현진은 병원을 나서는 아카네를 마치 보물단지처럼 신중하게 보호하며 나왔다. 그런 구현진의 모습에 아카네는 미소를 지었다.

"오빠, 그렇게 하지 않아도 돼요."

"안 돼! 안정기에 접어들 때까지는 조심, 또 조심하라고 의사 선생님께서 그러셨잖아."

"그래도 이건 좀…… 주위 사람들이 봐요."

"보면 어때, 임신한 우리 마누라 보호한다고 하는 건데."

"오빠……"

"괜찮아, 괜찮아. 근데 5주째가 될 동안 애 가진 걸 몰랐단 말이야?"

구현진의 물음에 아카네는 미안한 얼굴이 되었다.

"그냥 소화가 잘 안 되나 생각했죠. 겨울이기도 해서 감기에 걸렸나 했고요."

"그러다가 감기약이라도 먹었으면 어쩔 뻔했어."

"미안해요, 오빠. 오빠가 아니었으면 큰일 날 뻔했어요."

아카네가 고개를 숙였다. 구현진이 고개를 가로저었다.

"내가 많이 고마워, 아카네. 날 아빠로 만들어줘서."

구현진의 환한 미소에 아카네 역시 미소를 지었다.

"아, 조심! 조심!"

구현진은 계단을 밟고 내려오는 아카네를 보며 또다시 안절부절못했다.

"괜찮다니까요."

"내가 안 괜찮아."

구현진은 벌써부터 아기바보의 모습을 여실히 보여주고 있었다. 두 사람이 주차장으로 향하고 있을 때 구현진이 스마트폰을 꺼냈다.

"기쁜 소식을 혼조에게도 전해줘야지."

구현진은 곧바로 혼조에게 전화를 걸었다. 잠시 후 수화기 너머로 혼조의 목소리가 들려왔다.

-뭐냐?

"뭐긴 뭐냐! 이 형님께서 전화하는데."

-형님? 네가 왜 형님이야? 내가 형님 아냐?

"하하하! 아기를 가지면 어른이 된다고 하잖아. 그러니 내가 형님이지!"

-뭔 소리야? 아기? 야······.

수화기 너머에서 잠깐의 침묵이 흘렀다. 구현진 역시 미소를 지으며 기다려 주었다. 그리고 혼조의 떨리는 목소리가 들려왔다.

-서, 설마 아카네가······.

"그래 인마! 나 아빠 된다!"

-진짜야? 정말이야?

"그래 인마!"

-하아, 축하한다! 정말 축하해. 아카네는? 괜찮아?

"괜찮아, 지금 옆에 있어. 바꿔줄까?"

-아니야. 나중에. 나중에 따로 통화할게. 다시 한번 아빠 된 거 축하한다.

"고맙다. 지금 당장은 일본에 갈 수 없고, 미국에서 보자."

-그래, 아카네에게도 몸조심하라고 해줘.

"알았다."

구현진은 환한 얼굴로 전화를 끊었다. 이윽고 아카네를 보며 말했다.

"오빠가 몸조리 잘하래."

"네."

"가만 보자, 또 누구한테 전화하지?"

구현진이 전화번호부를 막 뒤지고 있을 때 아카네가 팔을 붙잡았다.

"오빠……"

"응? 왜?"

"먼저, 아버님께 전화 드려야 하는 거 아니에요?"

아카네의 말에 구현진이 잠시 고민했다. 그러다가 고개를 가로저었다.

"아니지, 아니야."

"왜요?"

"지금 아버지한테 전화하면 아마 신혼여행도 못 즐기고, 거기서 당장 오실 거야. 아카네, 미안한데 우리 딱 1주일만 참자!"

"그러시겠죠?"

아카네도 아버지의 성격을 잘 알고 있었다. 구현진의 말마따나 당장에라도 비행기를 돌려서 돌아오실 분이었다.

"알겠어요, 오빠."

"그래! 그럼 누구한테 할까? 후후후, 만호에게 알려야지."

구현진이 장난기 가득한 얼굴로 장만호에게 전화를 걸었다.

"나다! 만호야, 장만호! 나 이제 아빠 된다! 장난 아니고, 진짜라고! 그래, 새끼야! 나 아빠 된다고!"

구현진은 전화하면서 조심스럽게 아카네를 이끌고 차로 이

동했다. 아카네는 그런 구현진을 보며 입가에 가득 미소를 지었다.

시간은 빠르게 흘러 1주일이란 시간이 지났다. 오늘은 아버지와 김 여사가 신혼여행에서 돌아오는 날이었다.

아카네는 앞치마를 입고 혼자 부엌에서 요리하느라 정신이 없었다. 그 뒤에서 구현진이 안쓰러운 표정으로 지켜보았다.

"아카네, 너 홑몸이 아니야. 무슨 음식을 한다고 그래."

"괜찮아요. 그래도 아버님이랑 어머님 신혼여행에서 돌아오시는데, 따뜻한 밥 한 끼 해드리고 싶어서 그래요."

"그래도 이건 너무 많이 하는 거잖아. 잡채에, 갈비, 이건 또 뭐야? 구절판까지?"

"그냥 흉내만 내는 거예요."

아카네는 요리 연구가답게 모양도 아주 예쁘게 만들었다. 맛은 두말할 것도 없었다. 다만 구현진이 안절부절못했다.

"이것만 하자! 이것만!"

"아니에요, 다 했어요. 그만 나가 계세요. 정신 사나워요."

"당신 홑몸이 아니라고. 우리 쑥쑥이 힘들지도 몰라."

"아이 참! 괜찮다니까요. 우리 쑥쑥이도 건강해요. 전혀 아

프지 않다니까요. 그러니까 어서 나가요! 아버님, 어머님 오시
는지 빨리 확인하세요."

구현진은 아카네에게 등을 떠밀려 거실로 쫓겨났다. 그럼에
도 불구하고 구현진은 쉽게 그 자리를 떠나지 못했다. 불안한
눈빛으로 부엌을 쳐다보았다. 그러자 아카네가 눈빛을 강하게
하며 말했다.

"정말 그럴 거예요! 저 괜찮다고요! 어서 아버님, 어머님 모
시러 가요."

"아, 알았어. 절대 무리하지 마! 알았지?"

"그럴게요. 어서 다녀와요."

"갔다 올게."

"네."

아카네는 구현진을 배웅하고 피식 웃으며 다시 주방으로 향
했다.

그로부터 2시간 후.

"아카네, 아카네!"

구현진이 현관문을 열고 들어섰다. 그리고 거실에 차려진
음식을 보고 입을 크게 벌렸다.

"뭐야?"

그때 아카네가 마지막 음식을 가지고 나오며 구현진을 발견
했다.

"어? 왔어요? 아버님과 어머님은요?"

"아, 곧 들어오실 거야. 그런데 왜 이렇게 많이 했어? 조금만 하라니까."

"하다 보니까요……."

아카네가 피식 웃었다. 구현진은 잔뜩 걱정스러운 얼굴로 물었다.

"몸은? 안 힘들어?"

"조금요? 그래도 괜찮아요."

"우리 쑥쑥이 안 힘들어쩌용!"

구현진은 아카네 배에다가 작게 말했다. 그때 뒤에 있던 아버지가 들어오며 물었다.

"쑥쑥이가 누구냐?"

"어멋! 아버님 오셨어요?"

아카네가 환하게 아버지를 맞이했다. 그 뒤에 김 여사도 모습을 드러냈다.

"어머님, 잘 다녀오셨어요."

"그, 그래. 그런데 이게 다 뭐냐?"

김 여사 역시 거실에 차려진 음식들을 보고 입을 크게 벌렸다. 아카네가 수줍어하며 말했다.

"그냥 솜씨 발휘 좀 해봤어요. 맛은 보장 못 해요. 그래도 맛있게 드셔주실 거죠?"

"아니, 내가 말년에 무슨 복이 있어서 며느리가 차려준 밥상을 다 받아보냐. 고맙다, 정말 고마워. 이렇게 하지 않아도 되는데."

김 여사는 아카네의 두 손을 잡고 고마워했다. 그리고 아버지는 구현진을 툭 치며 물었다.

"쑥쑥이가 누꼬?"

"아, 쑥쑥이요? 아버지 손자!"

"뭐? 뭐라고? 소, 손자? 아가!"

아버지는 고개를 돌려 아카네를 보았다. 아카네가 환한 미소를 지어 보였다. 김 여사 역시 깜짝 놀라며 말했다.

"진짜로? 임신했나?"

"네, 어머니."

"아이고, 축하한다. 우리 아가 고생했네."

아버지는 환한 얼굴로 아카네를 보았다. 그리고 인상을 쓰며 구현진을 쳐다보았다.

"그 얘기를 와 인자 하노!"

"만약에 했으면 당장 돌아온다고 했을 거잖아요."

"당연하지! 우리 귀여운 손자가 생겼다고 하는데! 그걸 말이라고 하나, 지금!"

"네, 그래서 안 했어요."

아버지는 곧바로 아카네에게 갔다.

"니, 이러고 있어도 되나? 쉬어야 하는 거 아이가?"

아버지는 잔뜩 걱정스러운 표정으로 물었다. 아카네가 고개를 흔들었다.

"괜찮아요. 아버님."

김 여사 역시 걱정스러운 얼굴로 말했다.

"홀몸도 아닌데 이 많은 음식을 했어?"

"힘들지 않았어요. 즐겁게 했는 걸요."

아카네가 환하게 웃으며 말했다. 김 여사는 그런 아카네를 보며 말했다.

"진짜 내가 무슨 복으로……."

김 여사는 말을 잇지 못했다. 눈가에 눈물이 그렁그렁했다.

"어머니, 서 있지 말고 어서 앉으세요."

"그, 그래."

"아버님도요."

"오냐."

네 가족이 단란하게 앉았다. 구현진이 아버지를 보며 물었다.

"신혼여행은 어떠셨어요?"

"뭐가?"

"첫날밤은 잘 보내시고?"

"이, 이게 지금 뭐라노! 어험!"

아버지는 부끄러운지 헛기침한 후 아카네를 힐끔 바라보았다. 아카네 역시 김 여사와 얘기를 주고받았다.

"재미있으셨어요?"

"뭐, 그렇지."

"아버님은 어때요? 잘해주셨어요?"

"저 양반? 뭐……."

김 여사도 부끄러운지 고개를 돌렸다. 그 모습만 봐도 신혼여행을 잘 다녀온 것을 알 수 있었다.

"두 분 행복하게 잘 사세요."

"고마워."

"오야."

"어서 식사들 하세요."

그렇게 네 가족이 둘러앉아 밥을 먹었다. 몇 숟갈 먹더니 구현진이 말했다.

"아, 맞다! 아버지. 이 집 정리했어요."

그 소리에 아버지의 눈이 번쩍하고 떠졌다.

"와? 누구 맘대로 정리하노."

"이제 여기 말고 좋은 곳으로 가세요. 혼자도 아니신데 이렇게 좁은 곳에 있어야겠어요? 이제 곧 할아버지가 되실 분이. 손자가 뛰어놀 공간은 있어야 하잖아요."

구현진은 아버지의 역정을 사전에 봉쇄했다. 손자라는 강력한 무기로.

"······어데로?"

"아, 기장 쪽에요. 전망 좋은 곳으로 집을 구했거든요. 이제 전원생활도 하고 두 분이서 오붓하게 사셔야죠."

구현진의 말에 아버지는 말없이 밥만 먹었다. 말이 없다는 것은 긍정의 뜻이었다. 구현진이 피식 웃으며 김 여사를 보았다.

"어머니도 좋으시죠?"

"나야, 좋다 말다! 우리 아들이 이렇게 신경 써주니 너무 고맙네."

"아이, 뭘요!"

[구현진, 아카네 부부 1년 만에 임신!]

인터넷과 언론을 통해 구현진과 아카네의 임신 소식이 전해졌다. 그 기사 밑에 축하 메시지가 댓글로 가득 달렸다.

└축하해요.
└우와! 아기 태어나면 정말 예쁘겠다.
└축하합니다. 순산하시고 예쁜 아기와 함께 행복하시길.
└넘 예쁜 아기 태어나겠어요.

└너무 잘 어울리는 커플이죠. 축하드려요.

└엄마 닮으면 너무 예쁘고, 아빠 닮으면 멋있을 것 같아요.

└정말 축하드려요.

어두운 현관에 '달깍' 하고 문이 열리며 불이 켜졌다. 그곳에 나타난 사람은 바로 아유였다.

아유는 지친 몸을 이끌고 거실로 들어왔다. 그녀는 불도 켜지 않고 곧바로 소파에 털썩 주저앉았다.

"하아, 피곤하다……."

아유가 그 자리에 몸을 누웠다. 그러기를 잠깐 벌떡 일어나며 앞에 놓인 노트북을 펼쳤다. 그리고 검색창에 자신의 이름을 치는데, 실시간 검색어에 낯익은 이름이 올라와 있었다.

"구…… 현진?"

아유는 곧바로 구현진을 클릭했다. 곧 구현진의 부인, 아카네의 임신 기사가 떴다.

아유의 표정이 금세 어두워졌다. 이미 끝난 것을 알고 있었다. 그런데도 아유는 아직 잊지 못하는 것 같았다.

"임신했구나. 빨리도 했네."

아유는 혼잣말을 중얼거리다가 이내 미소를 지었다.

"축하해요. 태어날 아기도 무척이나 예쁠 거예요."

아유는 다시 혼잣말을 중얼거린 후 키보드에 손을 올렸다.

그리고 댓글을 달았다.

'행복하세요. 좋은 아빠가 되실 겁니다.'

아유는 미소를 지으며 엔터를 눌렀다.

"자자! 준비들 하세요. 곧바로 촬영 들어가겠습니다."

붉은색 스포츠카 옆에 깔끔한 슈트 차림을 한 구현진이 서 있었다. 구현진은 광고 촬영을 위해 서울에 올라와 있었다.

외국 고급 스포츠 세단 광고 촬영이었다. 국내에서 활동하는 모든 곳에 이 차량의 브랜드를 지원해 주기로 했다.

"나 구현진! 메이저리그 최정상급 투수! 내 공보다 빠른 것은 없다. 하지만 이 차는 다르다. 날 선 몸매, 웅장한 배기음! 당신을 위한 차!"

마지막에는 엄지손가락을 올리며 말했다.

"쥑이네!"

이렇게 광고가 끝이 났다. 광고주는 그 모습을 보며 흐뭇한 표정을 지었다. 촬영이 끝나자 박수까지 치며 만족감을 드러냈다.

"하핫, 정말 좋았습니다. 역시 구현진 선수네요."

이미 박동희로부터 광고주라고 전해 들은 구현진이 그를 반갑게 맞이했다.

"안녕하세요. 잘 봐주셔서 감사합니다."

구현진 역시 광고주에게 인사를 건넸다. 두 사람은 악수하며 간단한 얘기를 주고받았다. 그 모습을 지켜보던 CF 감독이 곧바로 카메라 감독에게 말했다.

"저 모습 좀 찍어봐요."

"저거요?"

"네, 메이킹으로 쓰면 딱 좋을 것 같은데요."

"아, 그러네요."

곧바로 카메라가 광고주와 구현진 두 사람을 클로즈업 했다. 광고주가 구현진에게 뭔가를 건네주었다. 구현진은 그것을 받아 들고 물었다.

"이게 뭔가요?"

"차 키입니다. 저거 그대로 타고 가시면 됩니다. 구현진 선수가 바로 저 차의 오너입니다."

"네?"

구현진은 자신의 귀를 의심했다. 눈을 끔뻑이며 한동안 광고주를 바라보았다. 광고주가 씩 웃었다.

"어서 타보세요."

구현진은 붉은색 스포츠카로 걸어갔다. 그리고 손가락으로 슬며시 차를 어루만졌다. 구현진의 입꼬리가 절로 올라갔다.

"정말 제가 끌고 가도 되죠?"

"그럼요!"

광고주가 고개를 끄덕였다. 구현진은 함박웃음 지으며 차에서 시선을 떼지 못했다. 그리고 엄지손가락을 올리며 함성을 지르며 소리쳤다.

"오오오오, 쥑이네!"

구현진이 차에 올라타 시동을 걸자 우렁찬 배기음이 실내 가득 울렸다. 구현진의 가슴 역시 엔진 소리에 맞춰 쿵쾅거렸다.

"그럼 어디 가볼까?"

구현진이 차를 천천히 몰고 나갔다. 그 장면은 고스란히 카메라에 찍혔다. 구현진이 탄 차가 나가고 CF 감독은 모니터를 보고 소리쳤다.

"CUT!"

옆에 카메라 감독이 다가왔다.

"이거 괜찮은데요?"

CF 감독 역시 고개를 끄덕였다.

"네, 정말 괜찮아요. 꾸밈없는 생생한 장면인데요."

CF 감독의 눈빛이 반짝였다. 카메라 감독이 역시 동감했다.

"영상이 살아 있어요."

"맞아요. 이걸로 가져가죠."

두 사람의 의견이 동시에 합쳐졌다.

며칠 후 구현진이 찍은 자동차 광고가 나왔다. 유튜브 영상 까지 올라갔다. 이 광고 영상은 순식간에 100만 조회수를 돌 파하며 엄청난 이슈가 되었다.

└어머나! 구현진 표정 좀 봐! 엄청 좋아하는데.

└킥킥킥, 표정 정말 리얼하네.

└나라도 좋아했겠다. 그런데 저거 실화임?

└대박! 나도 저 차 사고 싶다.

└구현진 너무 귀여워.

└어쩜 저렇게 귀여울 수가 있어.

└봐라, 봐라. 공짜로 차 받고 좋아하는 모습. 저게 바로 구현진의 인 간적인 모습 아이가.

└이거 부러우면 지는 거다.

└하아, 그래도 부럽긴 하네.

└젠장! 광고 하나 찍고, 비싼 외제 스포츠카까지 받다니. 부러워 미 치겠네.

└나도 운동이나 해야 하나?

└뭐든 다 가진 남자 구현진! 당신을 진정한 행운아입니다.

45장 •

2022

I.

2022년 메이저리그 새 시즌에 맞춰 구현진은 홀로 미국행 비행기에 올랐다.

아카네는 이제 임신 3개월이라 안정기에 접어들 때까지는 대한민국에 있기로 했다. 안정기에 접어든 후 의사의 소견을 듣고, 그때 미국에 가기로 했다.

구현진은 애리조나 스프링캠프로 곧장 날아갔다. 장기계약 첫해, 구현진은 그 어느 때보다 의욕이 충만했다. 운동장에 가장 먼저 출근해 러닝부터 시작했다.

지난겨울에 떨어진 체력부터 올렸다. 그리고 가볍게 토스를 하며 몸만들기에 집중했다. 오후에는 불펜에서 포수와 호흡을 맞추며 공을 던졌다.

　퍼엉!

　"좋았어. 다시 하나 더!"

　펑!

　"나이스 볼!"

　혼조의 우렁찬 소리가 들려왔다. 그리고 마운드에 있는 구현진에게 뛰어갔다.

　"공 끝도 여전하고, 올해도 리그를 씹어 드시겠습니다."

　"……."

　하지만 구현진에게서는 그 어떤 답변도 들려오지 않았다. 혼조가 구현진을 툭 쳤다.

　"어?"

　구현진이 깜짝 놀라며 혼조를 바라보았다.

　"왜 그래? 뭔 생각을 그렇게 심각하게 하는데?"

　"아니, 뭔가 부족한 것 같아서."

　"부족해? 뭐가?"

　"아니야. 그보다 공 10개만 더 던지자."

　"야, 벌써 30개나 던졌어."

　"괜찮아. 나 어깨 튼튼한 거 모르냐?"

　"알지. 너무 잘 알아서 그래!"

　"괜찮으니까 가서 공 받아줘."

구현진은 혼조의 등을 떠밀었다. 혼조는 마지못해 다시 포수 자리로 갔다.

구현진은 다시 공을 던졌다. 한 번씩 던질 때마다 구현진은 고개를 갸웃했다.

어느덧 스프링캠프도 끝이 나고 3월이 찾아왔다. 이때부터 각 구단은 시범경기를 치렀다. 구현진 역시 시범경기에 참가했다.

첫날은 가볍게 2이닝 정도만 던졌다. 투구수는 34개였다. 다소 많은 공을 던졌지만, 초반이니 그러려니 했다.

하지만 그다음 경기 때부터 구현진은 눈에 띄게 안타를 맞았다. 게다가 피홈런 역시 증가했다. 오히려 지난 3년간 맞은 홈런보다 시범경기에서 맞은 홈런이 더 많았다.

일각에서는 우려의 목소리가 흘러나왔다.

[구현진, 시범경기 부진! 피안타와 피홈런 증가!]
[현저히 떨어진 구속! 장기 계약 첫해부터 슬럼프인가?]
[오늘도 홈런! 매회 홈런을 맞으며 예전의 구위를 잃어버렸다.]
[마이크 오노 감독, "구현진은 전혀 문제없다. 예상대로 흘러갈 뿐이

다"라고 일축.]

-아, 오늘 에인절스의 구현진 선수가 시범경기에 나섰습니다. 5이닝을 던졌는데요. 아……. 이게 말이 됩니까? 3피홈런에 안타는 무려 7개나 맞았어요. 점수 역시 6점을 내줬습니다. 구현진의 모습이 아니에요. 이게 어떻게 된 거죠?

-지켜보면 구의 공 끝이 다소 무뎌졌고, 전체적으로 밸런스가 조금씩 어긋나 보입니다.

-하지만 코칭스태프들은 평온해요. 전혀 문제가 되지 않는다고 합니다. 도대체 무슨 일일까요?

-글쎄요. 당사자가 아니라서 모르겠지만 코칭스태프들이 문제 될 것이 없다면 그런 것이겠죠. 하하하.

-구현진 역시 전혀 문제 될 것이 없다고 합니다. 시즌이 시작되면 본래의 컨디션으로 돌아갈 것이라고 말이죠.

그렇게 시범경기가 끝이 나고 정규 시즌이 시작되었다. 구현진이 얘기했던 대로 컨디션이 올라올 것이라 모두 생각했다. 그런데 막상 뚜껑을 열어보니 그게 아니었다.

사이영 상 수상자라는 타이틀 때문인지 부담감을 안고 있는 모양이었다. 그래서 그런지 시범경기에서 이어졌던 부진이 정규 시즌까지 이어졌다.

4월과 5월 동안 구현진의 승수는 5승 3패였다. 평균자책점 역시 3.86을 기록하며 예전보다 훨씬 좋지 않았다.

그럼에도 불구하고 구현진에 대한 마이크 오노 감독과 코칭 스태프들의 믿음은 확고했다. 하지만 지역 언론사들은 달랐다. 팬들 역시 반응이 그다지 좋지 않았다.

└구현진 벌써 지쳤나?

└지난 경기에서 너무 무리했을 거야. 구속도 예전처럼 올라가지 않고 있고. 무슨 일이지?

└공 끝의 움직임 역시 좋지 않다.

└장기 계약 맺은 첫해인데 벌써부터 좋지 않은 모습을 보이네. 하지만 피터 레이놀 단장과 마이크 오노 감독은 신경 쓰지 않는다는 분위기라 의문이다.

└마음이 딴 데 가 있나? 공이 자꾸 가운데로 몰리고 있어. 커맨드가 좋은 구현진이 아니야. 이건 분명히 어디에 문제가 있는 거야.

└확실히 맞아. 부상인가?

저 한마디가 도화선이 되었을까? 그다음 날 대문짝만한 기사 하나가 떡 하니 나왔다.

[구현진 어깨 부상 심각!]

그 순간 모든 미디어가 앞다투어 구현진에 대한 기사를 다뤘다.

[구현진 어깨 피로도 최고! 지난 3년 내내 220이닝 이상 던져왔다.]
[구현진 어깨에 이상 소견 발견!]

구단 관계자들은 이 기사에 황당한 반응이었다. 특히 마이크 오노 감독은 화를 냈다.

-무슨 부상인가? 우리 구단에서는 구현진에 대해서 철저한 관리를 통해 언제나 최고의 컨디션을 유지시켜 왔다. 부상은 말도 되지 않는다.

구단에서도 곧바로 반박 기사를 올렸다.

[구는 절대 부상이 아니다. 다만 컨디션을 올리고 있을 뿐이다.]

하지만 이런 구단의 반박 기사에도 여러 추측성 기사가 쏟아져 나왔다.

[구현진 어깨 피로도 심각!]

[컨디션 난조는 어깨의 피로도 때문!]

[그럼에도 불구하고 구현진. 에이스라는 자각 때문에 계속해서 등판을 자청!]

아무래도 구현진의 성적이 좋지 않다 보니, 계속해서 악성 루머가 올라오고 있었다. 구단에서도 최대한 반박 기사를 올리고 있지만 상황은 좋지 않았다.

팬들의 여론 역시 심각했다.

└야! 구현진 어깨가 안 좋은데 등판시키는 이유는 뭐야?

└쉬게 해라! 이만큼 던졌으면 많이 던졌다!

└하필 장기 계약하고 그다음 해부터 저러냐? 의도된 거 아니야?

└진짜 짜증 나! 우리가 원하는 구의 모습이 아니야!

└어서 돌아와라! 예전의 구로!

"하아⋯⋯."

피터 레이놀 단장은 깊은 한숨을 내쉬었다. 매일 올라오는 추측성 기사와 팬들의 압박에 하루하루가 피곤했다.

"젠장! 아니라고! 아니라니까. 뭘 알고 떠들어야지!"

피터 레이놀 단장은 신경질을 내며 거칠게 마우스를 던졌다. 옆에 있던 레이 심슨 보좌관이 말렸다.

"진정하세요. 어차피 시간이 흐르면 쭉 들어갈 내용입니다."

"알고 있어. 하지만 그게 아니라고 말하고 싶단 말이야. 왜 비밀로 하자고 해서는……."

"구가 충분히 얘기했잖아요. 만약에 알리면 더 위험해진다고요. 지금도 간신히 버티고 있는데."

"젠장! 그보다 오늘 상태는 어때?"

"점점 좋아지고 있습니다."

"몇 퍼센트 올라왔대?"

"거의 다 올라왔데요. 6월부터는 반등할 수 있다고 해요."

레이 심슨이 태블릿을 두드리며 말했다. 피터 레이놀 단장이 고개를 가로저었다.

"정말 그래야 하는데, 점점 더 여론이 좋지 않아."

"후후, 그래도 여태까지 믿어왔었는데, 좀 더 믿어보시죠."

"믿어, 믿는데……."

"단장님께서 조급해하시면 어떻게 합니까. 여태까지 잘해왔지 않습니까. 구 스스로 업그레이드하려는 중인데 말입니다."

"알아. 그런데 하필이면 시범경기 때부터 하냐고, 스토브리그 때부터 준비하지. 아니면 시즌 끝나고 준비했어도 되었잖아."

"전반기까지만 시간 달라고 했지 않습니까. 기다려 보죠. 게다가 우리 팀 성적도 그리 나쁘지 않아요. 저스틴도 있고, 유도 아직 건재하니까요."

"알고 있어. 아무튼 수시로 구의 상태를 보고해."

"네, 단장님."

레이 심슨이 대답하고는 단장실을 나갔다. 피터 레이놀 단장은 다시 마우스를 잡아 기사를 확인했다. 그리고 그 밑에 달린 댓글들을 확인했다.

└구현진 정말 어깨 부상이야?

└아니야. 던지는 거 보니까, 전혀 아프지 않은 것 같던데.

└그럼 피로도인가? 하긴 지난 4년 동안 220이닝을 계속 던졌지. 게다가 작년에는 어마어마하게 던졌잖아. 피곤할 만도 하지.

└하긴 강철 어깨가 아닌 이상 힘들지.

└맞아! 로봇이라도 3년이 지나면 망가질 때도 되었지. 수리가 필요할 때도 됐어!

└야, 구가 로봇이라고? 진짜? 그럼 그 로봇설이 진짜였어?

└헐, 대박! 여기 멍청이가 또 있네!

팬들은 여러 추측을 했다. 하지만 정확한 것은 없었다. 왜 구현진이 자꾸 얻어맞는지 팬들은 정말 몰랐다.

퍼엉!

"좋았어!"

펑!

"좀 더 안 가볍게!"

퍼엉!

"나이스!"

구현진과 혼조는 구단 실내 불펜장에 있었다. 두 사람은 비밀리에 투구 연습을 하는 중이었다.

"현진아, 두 개만 더 던져봐."

"알았어."

구현진이 발판에 서서 힘껏 공을 던졌다. 공이 정중앙을 향해 힘껏 날아갔다. 그러다가 홈플레이드 앞에서 '쏴악' 하며 몸쪽으로 휘어져 들어갔다.

그것도 엄청나게 빠른 속도로 말이다. 어찌 보면 슬라이더라고 말할 수 있지만 방금 던진 공은 커터였다.

"굿!"

혼조가 공을 잡고 자리에서 일어났다.

"야, 새 구종인 커터, 이제 어느 정도 자리 잡았네."

"그래? 괜찮았어?"

"그래! 이제부터 방망이 여러 개 부숴먹겠다."

"중요한 것은 얼마나 홈 플레이트에서 확 꺾이느냐야. 타자가 쉽게 눈치채도 안 되고! 일단 패스트볼이라고 여겨야 해."

"알아, 알고 있다고. 방망이 휘두를 때는 분명 패스트볼로 여기고 있어. 그건 내가 장담해. 바로 앞에서 확 꺾이는데, 무슨!"

혼조가 구현진 앞으로 다가왔다. 구현진에게 공을 건네며 말했다.

"이 정도면 다음 시합부터 확실하게 써먹을 수 있겠다."

"그래! 이제 홈런이나 안타 맞을 일도 없겠지?"

"그걸 말이라고 하냐. 내가 그동안 얼마나 조마조마했는지 아냐?"

"미안! 실전에 빨리 써먹고 싶어서 말이야. 내가 또 실전에 강한 타입이잖아."

"아, 그러셔? 그래서 공이 가운데로 몰려서 홈런을 처맞았구나."

"야, 그건 아직 완성하기 전이잖아."

"아무튼 배짱도 좋다. 그리고 감독이나 단장도 그걸 인정해 주고 말이야. 아무튼 님 쫌 짱인 듯!"

"확실히 내가 짱이지?"

구현진이 피식 웃었다. 그리고 두 사람이 실내 훈련장을 벗어나 샤워실로 향했다. 그때 혼조가 궁금증을 참지 못하고 물었다.

"현진아."

"왜?"

"그런데 꼭 지금 커터를 던져야겠어? 좀 더 연습하고 내년에 던져도 되잖아. 아니, 넌 커터가 없어도 충분하잖아. 아직까지 너의 패스트볼이나, 체인지업도 공략하지 못했는데."

혼조의 물음에 구현진이 가볍게 미소를 지었다.

"알아, 그런데 말이야. 솔직히 난 좀 더 발전하고 싶어. 아니, 나는 더 압도적인 투수가 되고 싶어. 한두 해 반짝하고 마는 그런 투수가 아니라 완벽한 투수 말이야."

"그래, 완벽한 투수 좋아. 그런데 지금은 시즌이 치러지고 있잖아. 꼭 이렇게 해야 해?"

"쫓기듯이 구종을 만들고 싶지 않아."

구현진은 말하고는 잠시 생각했다.

'솔직히 지금은 내가 최고라고 생각할 수 있다. 아니, 그런 자만에 빠져들 수도 있었다. 그렇게 발전 없이 공을 1년이 되었든 2년이 되었든 같은 공만 던져, 그럼 나중에 언제든지 얻어맞을 수 있어. 그러지 않기 위해서라도.'

"여긴 메이저리그야. 타자들은 시간이 지나면 내 공에 익숙해지게 되어 있어. 지난 4년간 난 패스트볼, 체인지업, 간혹 슬라이더나 커브를 던졌어. 이제 타자들도 익숙해졌다고 생각해. 그래서 나 스스로도 발전이 있어야 한다고 결론을 내렸지!

더 압도적인 투수가 되기 위해서 말이야."

구현진의 생각은 정점에 있을 때 변화를 택하는 것이었다. 그 선택을 혼조가 받아줬다. 그리고 에인절스 구단에서도 인정해 준 것이다.

그렇기 때문에 구현진이 약간 흔들리고 있어도 별다른 얘기가 없었다. 무엇보다 구현진이 새로운 구종을 연마한다는 사실은 탑 시크릿이었다.

"그래? 하긴 네 말이 맞기 하다. 그래서 나도 승낙한 거고. 어쩌면 구단에서도 그걸 원했던 것일지도 몰라."

"후후, 그래서 고맙게 생각해. 날 믿고 이렇게까지 해줘서 말이야."

"자식! 아무튼 넌 대단한 녀석이야!"

"이제 알았냐? 나 좀 강해."

"그래! 너 잘났다!"

"하하하!"

"그런데 내일 너 그거 던질 거냐?"

"그래야지! 내일이야말로 기회인데!"

"오냐, 내일 그 녀석들에게 확실하게 보여줘! 구현진이 돌아왔다는 것을 말이야.!"

"좋지!"

2.

6월 첫 번째 경기에 구현진이 선발 등판했다. 애스트로스와의 6월 첫 경기였다. 애스트로스는 리그 팀 홈런 1위답게 강타선을 보유하고 있었다.

지난 경기 때 구현진 역시 이 타선에 호되게 당했었다. 홈런도 무려 3개나 내줬다. 물론 경기는 노디시전이 되었지만 어마무시한 강타선을 또다시 상대한다는 것은 솔직히 부담으로 다가왔다.

하지만 오늘 구현진의 마음은 가벼웠다. 마운드 위에서 던지는 투구 역시 잘 들어갔다.

다만 중계하는 해설진이 불안해하고 있었다.

-아, 오늘도 구현진 선수가 등판합니다. 지난 경기 때 구가 아주 난타를 당했었죠.

-그렇습니다. 애스트로스 강타선에게 홈런과 함께 엄청나게 얻어맞았죠.

-솔직히 애스트로스 1번 타자를 상대하고 있지만 불안해요.

-맞습니다. 언제 또 맞을지 모르니까요.

그때 애스트로스의 1번 타자가 '탁' 하는 소리와 함께 초구를 때려냈다. 공은 좌익수 방향으로 깊숙하게 날아갔다. 하지만 좌익수가 워닝트랙에서 공을 잡아냈다.

-다행히 넘어가지 않았지만 1번 타자부터 아주 위험했어요.

-이번에도 공이 가운데로 몰렸죠? 요즘 자꾸 가운데로 몰리는 공이 나와요. 슬라이더죠?

-아무래도 그렇죠? 구가 가진 구종 중에 슬라이더가 있죠. 그런데 원래 구는 슬라이더를 잘 던지지 않잖아요.

-그렇죠. 슬라이더를 간혹 던지기는 하지만 그저 보여주는 식이었죠. 하지만 올해 들어서는 부쩍 비율이 올라갔어요. 볼 배합을 다양하게 가져가는 것은 좋지만, 슬라이더의 무브먼트가 확실히 살지 않는 이상 위험한 공이 될 수도 있습니다. 방금 전에는 카운트상 체인지업을 던져도 되었을 텐데요. 구 선수가 요즘 과거 성적에 압박을 받는 모양입니다.

-아, 정말 안타깝네요.

해설진이 안타까워하고 있을 때 구현진의 입가에 슬쩍 미소가 걸렸다. 방금 전 던진 커터가 제대로 손에 걸렸기 때문이었다.

"이제부터 제대로 된 커터를 보여주겠어."

구현진은 입가에 미소를 띤 채 마운드를 내려갔다. 그리고 로진백을 툭툭 건드린 후 다시 마운드에 올랐다.

초구 몸쪽과 두 번째 공을 바깥쪽으로 던져 2스트라이크를 만들었다. 그다음 두 개의 체인지업 모두 볼을 만들었다. 타자는 움찔했지만 방망이는 나가지 않았다.

공을 건네받은 구현진은 사인을 기다렸다. 그때 혼조가 가랑이 사이로 손가락을 빠르게 움직였다. 구현진이 피식 웃으며 고개를 끄덕였다.

2스트라이크 2볼인 상황에서 구현진이 공을 힘차게 던졌다. 혼조는 슬쩍 타자 몸쪽으로 이동했다. 공이 패스트볼인 것처럼 가운데로 날아왔다.

'훗! 나왔다!'

2번 타자 역시 한가운데로 몰리는 공을 기다렸다. 구현진의 커맨드가 무너진 이상 자기에게도 가운데로 몰리는 공이 나올 것이라고 생각했다. 그것이 바로 지금이었다.

'좋았어!'

2번 타자가 방망이를 힘껏 돌렸다. 방망이는 날아오는 공을 정확하게 때려낼 것이라 생각했다. 그런데 뭔가 이상했다.

"어?"

한복판으로 날아오던 공이 갑자기 자신의 몸쪽으로 빠르게 휘어졌다.

'뭐지?'

그리고 공이 방망이 손잡이 부위에 맞으며 방망이가 부러졌다.

딱!

빠직!

2번 타자는 순간적으로 인상을 찡그렸다. 엄지손가락에 '지잉' 하고 강한 충격이 전해진 것이다. 하물며 공은 데굴데굴 굴러가 투수 앞으로 향했다.

구현진은 공을 잡아 차분하게 1루로 던져 아웃시켰다. 2번 타자는 갑작스러운 충격에 1루까지 뛸 생각조차 하지 못했다.

'뭐지? 방금 뭘 던진 거야?'

2번 타자는 방금 전 상황을 솔직히 이해하지 못했다. 더그 아웃으로 향하면서도 구현진에게서 시선을 떼지 못했다. 마치 '뭐야? 뭘 던진 거야?'라고 묻는 것 같았다.

-아, 몸쪽 깊은 공을 건드린 애스트로스의 2번 타자, 아쉽게 투수 앞 땅볼로 물러납니다. 그런데 방금 던진 공이 뭐죠? 슬라이더인가요?

-무브먼트가 좀 독특하네요. 포심 패스트볼 같기도 하고요. 아마도 그립 때문에 조금 달라 보이는 것 같습니다.

-아, 그렇군요. 같은 포심 패스트볼이라도 그립 때문에 뭔가

미묘하게 달라질 수 있군요.

 -그렇습니다.

 세 번째 타자는 몸쪽 하이 패스트볼로 깔끔하게 잡아내며
1회를 마무리 지었다. 구현진이 천천히 더그아웃으로 향했다.

 -구현진 선수가 1회를 깔끔하게 막아냈어요.

 -그러게요. 구위가 돌아온 것일까요?

 -아무래도 그건 좀 더 지켜봐야겠죠?

 해설진의 말대로 구현진은 매회 한 번씩 방망이를 부러뜨리
며 땅볼을 만들어냈다. 특히 오른손 타자들을 상대로 집중적
으로 사용했다. 방망이가 부서지며 타자들은 투수 앞 땅볼로
아웃되었다.

 -어? 이상한데요?

 아웃당한 타자 역시 부러진 방망이와 찌릿찌릿한 손바닥을
쳐다보며 말했다.

 "벌써 방망이가 세 개나 부러졌어."

 예전처럼 불같은 강속구도 아니고, 슬라이더라고 하기에는

구속이 너무 빨랐다. 그때 코치 중 한 명이 곧바로 감독에게 다가갔다.

"이거 이상합니다. 확인해 볼 필요가 있겠는데요."

그 말이 나오자마자 코칭스태프들이 빠르게 움직였다. 곧바로 더그아웃 뒤쪽으로 누군가 뛰어 들어갔다. TV 화면을 통해 지켜보는 팬들 역시 이상했다.

└어? 뭐지? 저 공이 뭐냐고?

└저거 커터야. 커터!

└뭐? 커터? 구는 커터를 던진 적이 없거든!

└아냐. 맞아. 커터네. 지금 구, 계속해서 커터를 던지네.

└말도 안 돼! 커터가 그리 쉽게 던져지는 줄 알아? 구는 커터를 던질 필요가 없어. 포심과 체인지업 이 두 개로도 리그를 씹어 먹고 있었는데.

└나도 동감! 이 두 구종으로도 작년에 피안타율이 얼마나 낮았는데.

└하지만 올해는 다르잖아. 안타를 많이 맞았어.

└그건 부상 때문이라고 하잖아.

└부상이라는데 저렇게 나와서 던지냐! 붕신아!

└그럼 저건 도대체 뭐지?

└아 놔! 커터라니까!

└커터가 뭐예요?

팬들 사이에서도 설전이 이어졌다. 그러는 사이 구현진은 또다시 애스트로스의 2번 타자를 상대하고 있었다.

초구와 2구로 스트라이크를 잡았다. 2스트라이크 상황에서 혼조는 어김없이 커터 사인을 냈다. 이번에도 역시 공은 한복판으로 날아왔다.

'이번엔 확실히 걸렸어!'

2번 타자는 확실하다고 생각하고 방망이를 돌렸다. 지난 타석 때와는 다르다고 확신했다. 그런데 또 공이 손잡이 부근에 맞으며 방망이를 부러뜨렸다.

빠각!

떼구르르!

또다시 투수 앞 땅볼이 되며 아웃이 되었다. 2번 타자는 멍하니 부러진 방망이를 쳐다보았다. 그리고 몸을 돌려 더그아웃으로 돌아가다가 부러진 방망이를 냅다 집어 던졌다.

"젠장!"

그다음 3번 타자도 구현진으로부터 아웃을 당하자 중계진도 슬슬 눈치채기 시작했다.

-아무래도 방망이를 부러뜨린 공을 다시 확인해야겠습니다.

-네, 저도 다시 한번 보고 싶어요. 방망이를 부러뜨린다는

것은 슬라이더가 아니거든요. 이건……..

  그러면서 중계 카메라를 통해 공의 구질을 확인하려 했다. 몇 번 공의 움직임을 확인했다. 그렇게 잠깐의 시간이 흐른 후 해설자가 박수를 치며 말했다.

  -어! 저 공은 커터입니다. 자세히 보시면 타자 바로 앞에서 꺾이는 것이 보이시죠?
  -커터라고요?
  -네, 일단 1회 초 그 공과 비교해 보도록 하겠습니다.

  해설자들이 화면을 확인했다. 정말 공의 무브먼트가 커터와 동일했다.

  -정말이군요. 커터였습니다. 구현진이 이런 공을 던졌던 건가요?
  -그러고 보니 지난 경기 때 저런 공이 2개나 있었습니다.
  -그런데 이상한 것이 어떻게 커터를 하루아침에 완성시킬 수 있었죠?
  -커터가 하루아침에 완성될 공은 아니죠.
  -아니면 원래 커터를 던졌던 건가요?

-그건 아닐 것입니다.

모두 놀라고 있었다.

그리고 그날 구현진은 새로운 구종 커터로 애스트로스 방망이를 무려 11개나 부러뜨렸다. 경기 결과 역시 당연히 에인절스가 5 대 0으로 잡아냈다.

그날 저녁 메이저리그 메인 홈페이지 일면을 구현진이 장식했다.

[구현진, 신구종 장착!]
[구현진, 커터를 던지다!]
[애스트로스 방망이 11개를 부러뜨린 커터의 위력!]

곧바로 구현진의 승리 인터뷰 영상이 올라왔다.

"방망이를 부러뜨린 공이 뭐였나요?"

"커터입니다."

"이 공을 왜 이제야 던졌습니까?"

"이제야 던진 것이 아니라, 시즌 초부터 던졌는데 정확한 느낌을 찾지 못해서 피안타가 많이 나왔어요. 그동안 몰렸던 공이 커터였습니다. 커터를 던지려고 했는데 가운데로 몰렸고, 그 공이 장타를 맞았죠."

"그렇군요. 그럼 커터는 얼마 정도 완성되었습니까?"

"70~80% 정도 완성되었다고 봅니다. 나머지는 시즌을 통해서 갈고 닦아 완성하도록 하겠습니다."

"체인지업도 최고고, 패스트볼도 최고인데 왜 굳이 커터를 던질 생각을 했습니까? 혹시, 지난 시즌에 대한 부담감이었습니까?"

"전 그런 것을 전혀 느끼지 않아요. 그리고 항상 시즌을 즐기고 있어요. 전 언제나 압도적인 게임을 원하고 있습니다. 무엇보다 응원해 주는 팬들의 눈높이를 너무도 잘 알고 있어요. 그래서 난 팬들의 마음을 충족시키기 위해 노력할 것입니다. 또한 앞으로 나아가는 것을 절대 멈추지 않을 것입니다."

"아, 네. 구현진 선수 감사합니다."

인터뷰는 그렇게 끝이 났다. 인터뷰를 본 팬들의 반응은 뜨거웠다.

└크윽! 역시 구현진. 돈만 밝히는 새끼들과는 확실히 달라!

└와우! 항상 앞서가는 구현진! 또한 항상 발전하는 구현진!

└난 영원한 구현진의 팬이다! 절대 변하지 않는 팬!

└구현진이 있어 경기를 보는 내내 즐겁다. 오늘 경기도 이렇게 화끈한 것은 처음이야.

└젠장! 이건 반칙이야! 점점 더 우주 괴물로 변해가면 어떻게 해?

힘없는 인간들은 어떻게 하라고 말이야.

ㄴ발전을 멈추지 않겠다는 당신의 말. 나의 마음을 뒤흔들어 놓았다.

ㄴ구! 구! 구! 구! 구!

새로운 구종, 커터를 장착한 구현진은 그다음 경기부터 확실하게 살아났다.

구현진을 상대하는 타자들은 미쳐 버릴 것 같았다.

"아 씨팔! 도대체 몇 개째야!"

"야, 구현진! 너 방망이 물어내!"

"내가 꼭 치고 만다!"

구현진의 커터를 상대한 타자들 대부분의 말이었다. 그들은 이제 머릿속으로 패스트볼과 체인지업만이 아닌 커터까지 생각해야 했다. 혼조와 구현진은 그것을 교묘하게 이용했다.

타자들은 한복판으로 날아오는 포심 패스트볼을 그냥 흘려보냈다. 혹시나 커터일 것 같아서 말이다.

하지만 심판이 여지없이 스트라이크를 부르며 삼진이 되었다. 그럴 때마다 타자들은 허망한 얼굴로 물러났다.

"젠장! 커터인 줄 알았는데……."

커터를 장착한 순간부터 구현진의 투구는 훨씬 공격적으로 변했다. 로케이션을 신경 쓰지 않았다. 예전에는 몸쪽 깊숙이 포심 패스트볼을 던져 공이 빠졌지만 이제 좀 넉넉하게 던졌다.

커터인 줄 알고 타자들의 방망이가 나가지를 않았다. 그저 움찔움찔할 따름이었다.

하지만 가끔씩 공을 칠 때도 있었다. 그럴 때는 공에 제대로 힘을 싣지 못했을 때였다. 게다가 구현진의 구위가 워낙에 좋기 때문에 멀리 날아가지도 못했다. 대부분 2루수 팝플라이 아웃이 되거나 땅볼이 되었다.

이때부터 구현진이 상승세를 타기 시작했다. 6월과 7월 10경기에 나서며 무실점 행진을 기록했다. 평균자책점 역시 1점대로 다시 떨어졌다.

그리고 7월 11일 올스타 브레이크가 찾아왔다.

6월부터 시작된 구현진의 구위는 그야말로 압도적이었다. 그 누구 하나 구현진의 공을 건드리지 못했다. 4월과 5월에 보였던 그런 구현진이 아니었다.

지난 리그 우승 팀인 에인절스의 마이크 오노 감독이 아메리칸 올스타 감독이 되었다.

기자가 다가와 인터뷰를 요청했다.

"안녕하십니까, 이번 아메리칸 올스타에서 에이스는 누군가요?"

기자들의 질문에 마이크 오노 감독은 피식 웃었다.

"에이스요? 올스타에 출전하는 모든 투수와 타자가 에이스 아닙니까?"

"그럼 선발로 나서는 투수는 누굽니까?"

"당연히 구입니다."

"역시⋯⋯."

"왜 그러죠? 불만 있습니까?"

마이크 오노 감독이 당당하게 되묻자 기자가 당황했다.

"아, 그게 아니라. 저도 당연히 구일 거라 생각했기 때문입니다. 하지만 감독님으로서는 쉽지 않은 결정이었을 텐데요."

그 기자의 말을 들은 마이크 오노 감독이 피식 웃으며 말했다.

"솔직히 말하면 그렇습니다. 우리 팀 선수라서 그런 것이 아니다. 구현진은 참 잘 던지고, 성적도 좋죠. 그래서 이번 올스타전에서는 구현진이 당연히 선발로 나서야만 했습니다. 팬분들이 워낙에 좋아하셔서요. 솔직한 심정으로는 휴식을 주고 싶었습니다."

마이크 오노 감독이 웃으며 말했지만 솔직하게는 올스타에 뽑고 싶지 않았다. 휴식을 줘서 후반기에 대비하고 싶었다.

다른 올스타 감독도 마찬가지일 것이다. 자기 팀 선수를 선발로 내보내고 싶진 않을 것이다. 하지만 마이크 오노 감독은 팬들을 위해 당연하게 말했다.

예를 들어 컵스 감독이 선발로 다저스의 커쇼를 내세운다. 어찌 보면 당연했다. 왜냐하면 타 팀 선발 선수고 잘 던지고 있으니까 말이다.

"다른 사람 있습니까?"

마이크 오노 감독이 오히려 기자에게 물어보았다. 그러자 기자가 미소를 지으며 말했다.

"저도 동감입니다. 구현진 선수 말고는 생각해 본 적이 없습니다."

마이크 오노 감독은 이번에 다른 기자들을 보며 물었다.

"내가 이번 올스타전에 구를 선발로 내세울까 합니다. 반대 의견이 있으신 분 손 드세요."

하지만 아무도 손을 들지 않았다. 모든 기자가 한마음으로 구현진이 올스타 선발로 나서야 한다고 여기는 것이었다.

이것이 바로 지난 6월부터 보여줬던 구현진의 압도적이 퍼포 먼스였다. 심지어 미국 기자들조차 구현진이 최고라고 인정하 는 분위기였다.

그렇게 구현진은 올스타전에서 역시 압도적인 투구를 선보 였다. 비록 2이닝이지만 팬들과 기자들의 뇌리에 강하게 심어 주었다. 그리고 잠깐의 휴식 후 다시 정규시즌이 시작되었다.

그런데 8월 말쯤에 잘나가던 에인절스에 비상이 걸렸다.

3.

어느 날 구현진이 마이크 오노 감독에게 면담을 신청했다.

똑똑똑!

"들어와."

문이 열리고 구현진이 들어왔다.

"무슨 일인가?"

"저 좀 쉬고 싶습니다."

"잉? 쉬어? 왜? 어디 다쳤어?"

마이크 오노 감독이 놀란 눈으로 물었다. 그런데 구현진이
고개를 가로저었다.

"아뇨, 부상은 아닙니다."

"그래? 후우, 다행이군. 근데 왜 쉬겠다고 하는 거지?"

"방금 연락을 받았는데, 아내가 곧 출산해요. 지금 병원으
로 갔다고 합니다."

"출산? 벌써 그렇게 되었나? 그럼 가야지……."

마이크 오노 감독은 대답하면서도 난감한 표정을 지었다.
솔직히 말하면 구현진이 빠질 상황이 아니었다. 그렇다고 출
산 휴가를 가야 한다는데 안 보내줄 수도 없었다.

"한 일주일 정도 휴가를 주세요."

"일주일?"

일주일이면 선발을 두 번 정도 거르게 된다. 그 정도면 구단
입장에서는 어마어마한 타격이었다.

"일주일이나……."

마이크 오노 감독은 난감했다. 그렇다고 '5일만 쉬자!', '등판은 한 번만 거르자'라고 말하지도 못했다.

"그래, 알았네. 어쨌든 축하하네."

"감사합니다. 그럼!"

구현진이 인사하고 감독실을 나갔다. 마이크 오노 감독은 곧바로 선수 명단을 확인했다.

"하아, 구를 대체할 선발이 누가 있지?"

갑자기 머리가 지끈 아파왔다.

그날 오후 뉴스에 구현진이 출산 휴가 떠나는 소식이 올라왔다.

[구현진 일주일간 출산 휴가 떠난다.]

[최소한 로레이션 2번 정도 빠져!]

[마이크 오노, 구현진을 대체할 선발로 고심 중!]

[오늘 마이너리그에서 찰스 리켈 승격!]

[찰스 리켈, 마이너리그에서 10승 5패, 평균자책점 3.82를 기록 중. 에인절스의 유망주!]

[구현진의 대체자, 찰스 리켈 메이저리그에 오르다.]

하지만 전문가 대부분은 회의적인 반응을 보였다.

[추격의 기회! 구현진이 없는 현재 쫓아가야 한다.]
[2위 레인절스, 절호의 기회를 놓치지 않겠다!]
[바짝 긴장한 레인절스!]
[에인절스, 1위 수성하겠다고 다짐!]

레인절스 역시 이번이 기회라고 봤고, 에인절스를 잡기 위해 혈안이 되어 있었다. 그런데 몇몇 팬이 안 좋은 소리를 하고 있었다.

  └헐! 그 돈을 받고 출산 휴가를 가고 싶냐?
  └맞음! 누구나 다 애를 낳는데, 굳이 이 시기에 가야 함?
  └애가 중요하나? 우리 리그 1위가 더 중요하지.

이런 개념 없는 발언을 하는 팬들을 향해 진정한 에인절스 팬이 나섰다.

  └저것들 완전 쓰레기네! 미쳤구먼!

└야! 돌아이들아. 구가 얼마나 잘 던지고 있는데 그딴 소리를 하고 지랄이야. 꺼져, 븅신들아!

└레인절스 스파이 아냐? 어디서 에인절스 팬이 있는 곳에 와서 지랄이야!

└꺼져! 새끼야!

└구를 대신해서 올라온 찰스 리켈이 충분히 잘 던질 거야.

이런 팬들의 반응과 달리 찰스 리켈은 첫 메이저리그 등판에 많이 긴장했다. 그 결과 3회를 채우지 못하고 강판당했다. 에인절스는 그날 경기에 패배하면서 레인저스에게 1경기 차로 쫓기게 되었다.

그리고 2위인 레인절스와 3연전이 시작되었다.

레인저스와 중요한 1차전 경기에 찰스 리켈이 선발로 내정되었다. 찰스 리켈은 또다시 긴장했는지 연습 투구를 하면서도 땀을 비 오듯 흘렸다. 이를 보다 못한 혼조가 마운드에 올랐다.

"많이 긴장되냐?"

"네."

"침착하게 해. 크게 심호흡하고. 부담 갖지 말고 던지라고 하면 뭐, 소용없겠지."

"그렇죠."

"그래도 마이너리그에서 던졌던 것처럼 해. 넌 할 수 있어."

"네, 알겠습니다."

"그래."

혼조가 가볍게 툭 치고는 다시 자신의 자리로 돌아갔다. 그후 찰스 리켈의 투구가 바뀌었다. 혼조가 원하는 곳에 공을 팍팍 꽂아 넣기 시작했다. 그때부터 레인저스의 타자들이 찰스 리켈의 공을 치지 못했다.

설사 건드리더라도 유격수 땅볼이나, 2루수 땅볼이 되었다. 그렇게 찰스 리켈의 투구가 빛을 발하고 있었다. 찰스 리켈은 5회까지 잘 막아내며 내려갔다. 그러나 불펜이 털리며 그날 경기를 져버렸다.

그다음 날 경기도 지면서 양 팀 경기 차는 1경기로 좁혀졌다. 그리고 오늘 레인저스와 마지막 3연전이 펼쳐지려고 하고 있었다.

구현진은 아카네의 출산 때문에 병원에 있었다. 아카네는 이미 아기를 낳기 위해 분만실로 들어간 상태였다. 그 앞에서 구현진이 초조하게 기다리고 있었다.

"제발 무사히만 나와라, 쑥쑥아. 무사히만……"

구현진은 두 손을 꼭 잡은 채 분만실 앞을 왔다 갔다 했다. 약 1시간이 흐른 후 갑자기 아기 울음소리가 우렁차게 나왔다.

"으아아아앙."

순간 구현진의 눈이 번쩍 떠졌다. 잠시 후 분만실 문이 열리며 간호사가 아기를 안고 나왔다. 구현진을 쏙 빼다 박은 사내아이였다.

"축하드립니다. 사내아이입니다. PM 3시 12분에 출산하셨습니다."

"산모는요?"

"산모님께서도 건강하십니다. 이제 곧 나오실 겁니다."

"감사합니다. 정말 감사합니다."

구현진은 자신의 아이를 다시 한번 보고 미소를 지었다. 그리고 신생아실로 들어갈 때까지 시선을 떼지 못했다.

또다시 분만실 문이 열리며 아카네가 실려 나왔다. 땀을 한바가지 흘린 듯 힘든 기색이었다. 구현진은 곧바로 아카네에게 다가가 손을 잡았다.

"아카네 수고했어. 정말 고생 많았어."

"아기는요? 아기 봤어요?"

"으응, 봤어. 너무 귀여워."

"그래요?"

아카네는 힘들지만 애써 미소를 지어 보였다. 그렇게 병실로 돌아온 아카네는 잠시 휴식을 취했다. 그 옆에서 구현진이 앉아서 곁을 지켜주었다.

TV에서는 에인절스 대 레인저스의 대결이 중계되고 있었다. 구현진은 야구 중계에 시선을 떼지 못했다. 마운드 위에는 자신을 대신해 올라온 찰스 리켈이 서 있었다.

"으흠……."

초반부터 에인절스가 밀리고 있었다. 구현진의 표정이 굳어졌다.

"1경기 차인데, 오늘마저 지면……."

구현진의 혼잣말을 중얼거렸다. 그때 아카네가 구현진을 불렀다.

"오빠."

"어? 깼어? 물 줄까?"

구현진이 몸을 일으키려 했다. 그러자 아카네가 구현진을 잡았다.

"아뇨. 괜찮아요."

"그래?"

구현진이 다시 자리에 앉았다.

"어디 불편한 곳은 없어?"

"없어요."

"그럼 필요한 거 있으면 말해."

"알았어요."

구현진을 미소를 지으며 눈을 다시 TV로 돌렸다. 그 모습을 넌지시 바라보던 아카네가 조용히 말했다.

"가봐요, 오빠."

"뭐? 무슨 소리야?"

구현진이 다시 고개를 돌려 아카네를 보았다. 아카네가 구현진의 손을 잡았다.

"저 괜찮으니까, 가요. 여기보다 오빠가 더 필요한 곳은 저기 경기장인 것 같아요."

"아니, 괜찮아. 휴가도 아직 남았는데."

"오빠, 우리 쑥쑥이도 잘 태어났고, 저도 아무렇지 않아요. 괜찮으니까, 가보세요."

아카네의 말을 듣고 구현진은 순간 동공이 흔들렸다. 쉽게 말도 꺼내지 못했다.

"하, 하지만……."

"전 괜찮다니까요. 어서 가봐요. 오빠를 기다리는 분이 많을 거예요."

아카네의 말에 구현진은 잠시 생각에 잠겼다. 그리고 곧 자리에서 일어났다.

"고마워, 아카네. 무슨 일 있으면 바로 연락해!"

"알았어요, 어서 가요."

"그래, 경기 끝나고 바로 올게."

"네."

구현진이 곧바로 병실을 나섰다. 그 모습을 보는 아카네의 얼굴에는 미소가 한가득했다.

"저 모습을 우리 쑥쑥이가 봤으면 좋을 텐데. 아빠가 저렇게 열심히 한다는 것을 말이야."

-아, 에인절스 3 대 1로 이기고 있던 경기를 8회 초 동점을 허용하는군요.

-안타까워요. 지금 불펜진이 레인저스와 3연전을 펼치는 동안 계속 나왔거든요. 솔직히 과부하가 걸려 있는 상태예요.

-아, 구현진이 없다는 것 하나만으로 팀이 이렇게 어려워지고 있어요.

-오늘마저 지면 리그 순위도 역전될 가능성이 높아요.

-네, 그렇습니다. 에인절스 지금 무척 답답한 상황에 놓여 있습니다.

"하아……."

마이크 오노 감독이 저도 모르게 한숨을 내쉬었다. 레인저스에게 2연패를 당하고 있었다. 오늘마저 진다면 스윕을 당하게 되었다.

유현진 역시 6회까지 1점으로 잘 막아줬다. 그런데 8회 초에 불펜이 방화하니 답답한 노릇이었다.

"어떻게, 다른 투수를 준비시킬까요?"

투수코치가 조심스럽게 물었다. 마이크 오노 감독의 시선이 옆에 붙여놓은 선수 명단으로 향했다. 일단 3 대 3 동점인 상황에서 역전은 주지 말아야 했다.

"지금 바로 던질 투수는 누가 있나?"

"래미와, 로첸이 남아 있습니다."

"그래?"

마이크 오노 감독이 잠시 생각에 잠겼다. 그리고 마운드에 있는 크로젤을 바라보았다. 그는 1사 주자 1루인 상황에서 투구하고 있었다.

"일단 이번 주자까지만 지켜보지."

"네, 감독님."

불펜에서 대기하고 있는 투수들도 초조하기는 마찬가지였다. 일단 몸을 풀고는 있지만 지금 상황에서 나가면 자신이 불리하다는 것을 알았다.

왜냐하면 주자가 있는 상황에서 올라가는 것과, 없는 상황에서 올라가는 것은 천지 차이이기 때문이었다. 또한 동점 상황이기에 더 그랬다.

아무리 배짱을 가지고 있어도 긴장을 하게 마련이었다. 그렇기 때문에 실투가 나올 확률이 높았다.

그때 불펜 문이 열리며 누군가가 들어왔다. 불펜 코치가 들어온 사람을 보고 깜짝 놀랐다.

"구? 구!"

"감독에게 전화하세요. 저 준비 끝났다고요."

"뭐? 준비라니?"

불펜 코치가 어리둥절한 표정으로 있을 때 구현진은 가방을 내려놓고 글러브를 꺼냈다. 그리고 불펜 포수에게 말했다.

"공 좀 받아줘."

"어, 알았어."

구현진이 마운드에 올라 몸을 풀었다. 불펜 투수들이 그런 구현진을 보며 어리둥절했다. 그사이 불펜 코치는 곧바로 더그아웃 쪽으로 전화를 넣었다.

띠리리링! 띠리리링!

투수코치가 곧바로 전화를 받았다.

"왜 그러지?"

-여기에 구가 왔습니다.

"뭐라고? 진짜야?"

-네, 지금 불펜에서 몸을 풀고 있어요. 지금 당장 나갈 준비

를 끝냈다면서요.

"그래?"

투수코치의 시선이 벽에 붙은 모니터로 향했다. 그곳에서 구현진이 몸을 풀고 있는 장면이 보였다.

"알겠네."

전화를 끊은 투수코치가 곧바로 마이크 오노 감독에게 다가갔다.

"감독님 구가 지금 불펜에 있다고 합니다. 지금 당장 던질 수 있다고 하는데 어떻게 할까요?"

"뭐? 구가? 휴가가 아직 남았잖아."

"네, 그런데 지금 나오고 싶다고 하는데요."

"구가?"

마이크 오노 감독 역시 모니터로 시선을 돌렸다. 역시 구가 나와서 몸을 풀고 있었다. 마이크 오노 감독의 표정이 미묘하게 바뀌었다.

그때 볼넷이 나오며 1사 주자 1, 2루에 놓였다. 마이크 오노 감독이 자리에서 일어났다.

"구보고 나오라고 해."

"알겠습니다."

마이크 오노 감독이 나오며 심판에게 투수를 교체하겠다고 했다.

-마이크 오노 감독이 움직이는군요.

-아마도 투수를 교체하는 것 같죠?

-과연 누가 올라올까요? 현재 남아 있는 투수는 래미와 로 첸인데요.

마이크 오노 감독이 투수에게 공을 건네받고 불펜 쪽으로 손을 들었다. 불펜 문이 열리고 그곳에서 등번호 1번 구현진이 모습을 드러냈다.

"오오오오오!"

"구다! 구야!"

"구가 왔다고?"

마운드를 향해 가벼운 걸음으로 뛰어가는 구현진을 본 관중들이 웅성거리기 시작했다. 중계진 역시 놀라움을 감추지 못했다.

-저 선수가 누구죠? 진짜 구입니까? 정말이에요?

4.

팬들을 비롯해 선수들 역시 놀랐다. 출산 휴가를 떠난 구현진이 구원 등판을 한 것이다. 마이크 오노 감독은 혹시나 해서 구현진을 엔트리에 넣어놓았었다. 그런데 딱 맞춰서 구현진이 나타나 준 것이다.

-어쩐지, 오늘 엔트리에 구현진이 올라와 있었어요. 아마 오늘 구원으로 등판할 모양이었군요.

-전 전혀 몰랐습니다. 경기가 시작되기 전까지 구현진의 모습은 보이지도 않았어요.

-이런 극적인 연출을 위해서 꽁꽁 숨겨놓았나 봅니다.

-그런 것일까요? 어쨌든 지금 팬들은 난리가 났습니다.

구현진이 마운드에 올랐다. 혼조 역시 놀라는 눈치였다. 일단 마이크 오노 감독이 구현진을 보았다.

"괜찮겠어?"

"일단 컨디션 조절 차원에서라도 등판한 거예요. 어차피 사흘 후에 선발로 내정되어 있잖아요. 실전 감각을 올리는 것이라 생각해 주세요."

"그래도 너무 갑작스럽다."

"갑작스럽다는 분이 절 엔트리에 포함시켰어요?"

"그, 그거야……. 혹시나 해서 말이야."

"잘하셨어요."

"어쨌든 부탁한다. 투구수는 30개야. 그 이상하면 3일 후 선발로 못 뛰어! 그냥 몸 푸는 식으로 해서 던져!"

"알겠어요, 감독님."

마이크 오노 감독이 공을 건네주고는 마운드를 내려갔다. 혼조가 구현진을 물끄러미 쳐다봤다.

"왜?"

"너, 여기 와도 괜찮아?"

"그럼 괜찮지."

"아카네는? 울 조카는?"

"아카네는 잘 있고, 당신 조카는 아주 건강하게 있습니다. 그리고 내 아들도 마찬가지고."

"그래? 진짜지?"

"그렇다고, 내가 직접 확인하고 왔어."

"알았어. 일단 급한 불부터 *끄자*!"

혼조가 포수 자리로 돌아갔다. 구현진은 우선 스파이크로 마운드를 고른 후 연습 투구를 펼쳤다. 그러면서 중간중간 마운드를 확인했다.

연습 투구를 마친 구현진이 마운드의 발판을 밟았다. 경기 재개를 알린 후 타석에는 레인저스의 3번 칼훈이 들어섰다.

팟! 팟!

칼훈은 스파이크로 타석의 흙을 골랐다. 그리고 방망이를 강하게 움켜잡으며 자세를 취했다.

구현진은 혼조와 사인을 주고받았다. 초구 사인은 바깥쪽 무릎 바로 위였다. 구현진은 가볍게 고개를 끄덕이고는 자세를 잡았다. 그리고 포수 미트를 향해 힘껏 던졌다.

퍼엉!

"볼!"

칼훈이 고개를 끄덕이며 타석을 벗어났다. 2구는 몸쪽 깊숙이 파고드는 포심 패스트볼이었다.

"볼!"

이 역시 볼이었다. 그리고 하이 패스트볼과 4구째 크게 벗어나는 패스트볼까지 연속으로 스트레이트 볼넷이 나왔다.

"우우우우우."

관중들이 안타까운 탄성을 내질렀다. 구현진은 고개를 끄덕이며 로진백을 툭툭 건드렸다.

그때 혼조가 다시 마운드를 방문했다. 그를 본 구현진 한마디 했다.

"왜 올라와?"

"야, 적당히 좋아해라!"

"티 나냐?"

"그래, 인마!"

"솔직히 며칠 동안 공을 못 던져서 죽는 줄 알았다. 여기 이 마운드도 그리웠고, 관중들의 함성도 그리웠다. 역시 난 여기 마운드에서 공을 던져야 해."

"지랄한다. 아무튼 흥분 좀 가라앉혀! 지금 만루인 건 아나?"

"만루야? 어라? 진짜네."

"정신 차려, 인마! 아빠가 되니 그리 좋냐?"

"당연히 좋지! 내 새끼 얼마나 귀여운데."

"좋기도 하겠다. 그런데 이제 태어난 내 조카가 태어나서 처음으로 본 경기가 패전이 되게 만들 거야?"

"아니지, 아니야."

"그래, 인마. 정신 차려! 지금 타석에 오른 녀석은 레인저스의 4번 타자야. 저 녀석이 아메리칸 리그 홈런 랭킹 1위야."

구현진이 힐끔 대기타석에 있는 녀석을 바라보았다.

"알았어. 이제부터 안 맞으면 되는 거지?"

"그건 당연한 거고, 한 명도 내보내면 안 돼!"

"알았어."

"확실하게 리드할 테니까. 내 미트를 보고 던져!"

"그래, 언제나 그랬듯이 널 믿고 던지마."

"오냐!"

혼조가 마운드를 내려갔다. 그사이 구현진은 로진백을 툭툭 건드린 후 발판에 발을 올렸다.

타석에는 4번 타자 떠오르는 신인 발론드가 타석에 들어섰다. 발론드는 전반기 29개 홈런과 후반기 들어와서도 10개 홈런을 몰아쳐 현재 39개로 홈런 1위에 오른 인물이었다. 신인왕이 유력한 발론드는 강한 눈빛으로 구현진을 째려보았다.

"자식, 눈빛 한번 살벌하네."

구현진은 피식 웃으며 자세를 잡았다. 루상에 주자는 꽉 찬 만루가 되었다. 구현진은 포수 미트를 보고 포심 패스트볼을 던졌다.

퍼엉!

공이 미트 속으로 빨려 들어가며 요란한 파공음이 들려왔다. 하지만 주심의 손은 올라가지 않았다. 구현진은 연속으로 볼을 던졌다.

혼조가 자리에서 일어났다. 그러자 구현진이 손을 들어 괜찮다는 신호를 보냈다.

구현진이 마운드의 발판 앞을 스파이크로 다졌다.

"오늘 심판은 좀 빡빡하네. 그럼 공 한 개 정도 더 밀어 넣어야겠구나."

구현진이 혼잣말을 중얼거린 후 자세를 잡고 힘껏 던졌다.

퍼엉!

"스트라이크!"

공 4개 만에 처음으로 스트라이크가 들어갔다.

"오케이, 저기구나!"

구현진은 영점을 잡은 후 거침이 없었다. 구현진의 커맨드는 메이저리그에서도 탑이기 때문이었다. 그 이후 구현진은 연속으로 스트라이크를 꽂은 후 높은 쪽 커터를 던졌다.

딱!

빠각!

방망이가 부러져 버렸다. 발론드는 부러진 방망이를 보고 몸을 돌려 더그아웃으로 향했다. 방망이 보이가 새로운 방망이를 건네주었다. 발론드는 손잡이 부분에 송진을 바르고 난 후 다시 타석에 들어섰다.

혼조는 발론드를 힐끔 보고는 슬며시 몸쪽으로 붙어 앉았다. 그리고 가랑이 사이로 사인을 보냈다. 역시 커터 사인이었다. 구현진이 피식 웃으며 고개를 끄덕였다.

타석에 선 발론드는 처음과 달리 바짝 긴장한 얼굴로 방망이를 말아쥐었다.

'저번에 커터가 들어왔으니까, 이번에는 아니겠지?'

하지만 또다시 몸쪽으로 꺾이는 커터가 들어왔다. 발론드는 그것을 또다시 걸어냈다. 두 번 연속 커터가 들어오자 발론드는 순간 당황했다.

'설마 또 커터가 들어오는 건 아니겠지? 에이, 두 개나 걸어냈는데 또 던지겠어?'

그 후로도 커터는 계속해서 들어왔다.

딱!

빠각!

딱!

빠각!

딱!

빠각!

결국 커터가 연달아 7개가 들어오고, 방망이 역시 7개가 부러졌다. 발론드 입장에서는 한가운데로 들어오는 공을 치지 않을 수 없었다. 몸쪽으로 꺾이는 공의 구속 역시 150㎞/h가 넘었다.

"으아아아악! 그래 어디 가는 데까지 가보자!"

발론드는 괴성을 지르고는 다시 방망이를 가지러 더그아웃으로 향했다. 발론드는 오기가 생겼다.

"새 방망이 줘."

발론드가 손을 내밀었다. 그러자 방망이 보이가 난감한 표정을 지었다.

"방망이 달라니까 뭐 하고 있어?"

"저기, 방망이가 더 이상 없어요."

"뭐라고?"

발론드가 깜짝 놀랐다. 발론드가 가지고 온 방망이가 모두 부러진 것이다.

"제기랄!"

그때 동료가 자신의 방망이를 건네주었다.

"야, 이거라도 우선 써!"

발론드는 동료의 방망이를 들고 다시 타석에 들어섰다. 그는 타석에 선 채 속으로 외쳤다.

'몸쪽으로 던지지 마라! 몸쪽으로 던지지 마라!'

그런데 또다시 몸쪽으로 공이 들어왔다. 방망이가 자기 것이 아니어서 그런지 좀 무거웠다. 그러자 방망이 스피드가 현저하게 떨어지며 그만 헛스윙이 되고 말았다.

"으아아악!"

발론드는 방망이 7개를 부러뜨리고 결국 헛스윙 삼진으로 물러났다. 그리고 오늘 발론드와의 대결과 삼진 잡는 모습은 올 시즌 최고의 삼진 장면으로 등극했다.

해설자들이 난리가 났다.

-와, 구 선수 대단합니다. 방망이를 무려 7개나 부러뜨렸습니다.

-정말 압도적이라고밖에 말씀을 드리지 못하겠네요.

-이거 구에게 새로운 별명이 붙겠는데요.

-그게 뭐죠?

-배트 브레이커!

-하하하! 그게 정답이네요.

구현진은 남은 5번 타자 역시 삼구삼진으로 잡아내며 8회 초를 마무리 지었다. 레인저스는 1사 만루 찬스를 놓쳤고, 구현진이 유유히 더그아웃으로 걸음을 옮겼다.

-구가 돌아왔습니다. 3번 칼훈에게 볼넷을 내주면서 위기를 자초했지만 4번 홈런 타자 발론드와 5번 타자를 연속 삼진을 잡아내며 위기를 벗어났습니다. 정말 대단하지 않습니까?

-아, '역시 구다!'라고 말씀드리고 싶네요. 날카롭게 꺾이는 커터의 위력으로 두 명 다 헛스윙으로 돌려세웠어요.

-위기의 에인절스를 구하는 사람은 역시 구였네요!

"와아아아!"

"구! 구! 구! 구!"

관중석에서는 구를 찬양했다.

더그아웃으로 돌아온 구현진을 동료들이 환영했다.

"어떻게 된 거야?"

"출산 휴가라면서?"

"잘 돌아왔다!"

"이야, 든든한데?"

그리고 호세가 다가와 구현진의 목을 감쌌다.

"야! 오면 온다고 말해야 할 거 아냐!"

"아, 아파! 아프다고!"

"제수씨는 괜찮아? 아기는?"

"둘 다 건강해! 괜찮아."

"그래? 잘됐다. 축하한다, 자식아!"

"그래, 고맙다."

"축하해!"

"축하해, 구!"

동료들은 또 한 번 축하를 해주었다. 호세가 호기롭게 일어났다.

"구도 돌아왔고, 이대로 멈출 수는 없겠지? 자자, 파이팅 하자고!"

호세가 박수를 치며 동료들을 독려했다. 그리고 8회 말 타자들이 어렵사리 1점을 뽑아주었다. 4 대 3으로 다시 앞서 나간 에인절스.

9회 초, 구현진이 마지막 마무리를 위해 마운드에 올랐다. 투구수 제한 30개 때문에 한 타자밖에 상대하지 못했지만 그마저도 레인저스 타자들의 기를 꺾기에는 충분했다.

9회 초 1아웃을 잡고 마이크 오노 감독이 올라왔다. 구현진 역시 투수 교체가 될 것이라 예상하고 있었다.

"고생했다."

구현진이 공을 건네 준 후 마운드를 내려왔다. 그를 향해 홈 팬들이 뜨거운 기립 박수를 보냈다.

"구! 구! 구! 구! 구!"

비록 몸을 풀기 위해 올라온 구원 등판이었지만 홈 팬들에게는 강인한 인상을 심어주기에 충분했다. 무엇보다 에인절스 타자들에게는 힘을, 레인저스 타자들에게는 절망감을 안겨주었다.

에인절스 마무리 투수가 올라와 두 타자를 깔끔하게 막은 후 3연전 중 마지막 세 번째 경기를 승리로 장식하며 스윕을 당하지 않았다.

그렇게 에인절스는 리그 1위를 계속해서 유지할 수 있었다. 무엇보다 에인절스의 에이스가 구현진이 돌아왔다는 것이 팀에게 크나큰 활력이 되었다.

46장
투혼

I.

　메이저리그는 후반기에 접어들었다. 에인절스는 후반기에 들어와서도 안정감 있는 선발진 덕분에 승승장구했다.

　그중에서도 구현진의 활약은 대단했다. 6월 성적만 5승 무패에 57K 평균자책점은 2.23까지 떨어뜨렸다. 그 기세는 7월까지 이어졌다.

　그는 올스타 브레이크까지 단 한 번의 패배도 하지 않았다. 그의 상승세가 어디까지 흘러갈지 모두가 주목하는 가운데, 구현진은 후반기 첫 경기부터 상대 타자를 압도했다.

　7월이 지나고 8월이 찾아왔다. 구현진의 8월 첫 경기는 인터 리그였다. 다이아몬드백스와 인터 리그 3연전 마지막 경기에 구현진이 등판할 예정이었다.

에인절스는 다이아몬드백스를 상대로 2연승을 거두고 있는 상태였다. 구현진이 등판 예정이었기에 스윕은 기정사실이나 다름없었다.

펑!

"좋았어."

구현진은 경기 전 루틴 유지를 위해 실내에서 가볍게 공을 던졌다. 15개 정도 공을 던진 후 순간 구현진의 이마에 주름에 잡혔다.

"윽……."

낮은 신음을 흘린 구현진이 자신도 모르게 왼쪽 팔꿈치를 감쌌다.

'뭐지?'

왼 팔꿈치에 미묘한 통증이 전해진 것이다. 혼조 역시 구현진의 상태를 확인하고 즉시 달려왔다.

"왜 그래? 아파? 팔꿈치야?"

구현진은 혼조에게 거짓말을 할 수 없었다.

"조금 통증이 느껴져서."

"그래? 팀 닥터에게 가보자!"

혼조가 구현진을 이끌고 가려고 했다. 그러나 구현진이 혼조를 말렸다.

"괜찮아. 일시적인 통증일 거야. 지금은 아무렇지 않아."

구현진이 왼팔을 붕붕 돌렸다. 통증이 전혀 느껴지지 않았다. 하지만 혼조의 생각은 달랐다. 그리고 합리적이었다. 그는 고개를 세차게 흔들며 말했다.

"무슨 소리야! 지금은 아무렇지 않아도, 나중에는 어떻게 될지 몰라. 일단 통증이 느껴졌다면 확인부터 하는 게 좋은 거야. 어서 가자!"

혼조의 호통에 구현진은 고개를 끄덕였다.

"알았어. 가자. 그런데 왜 그렇게 화를 내고 그래."

혼조가 고개를 돌리며 나직이 말했다.

"고등학교 때 친구가 너처럼 그랬거든. 별거 아니라고 무시했다가 나중에 야구를 평생 못 하게 되었어."

"어…… 그래, 미안."

"됐어, 아무튼 팀 닥터에게 가자."

"알았어."

구단 의료실에는 마이크 오노 감독을 비롯해 투수코치까지 와 있었다. CT 촬영을 통해 확인한 담당 의사는 살짝 고개를 가로저었다.

"왜요? 어디 많이 안 좋나요?"

"그건 아닌데. 여기 팔꿈치 부위에 살짝 염좌가 의심됩니다."

"던지는 데는 이상이 없죠?"

"한 이틀이나, 사흘 정도 휴식을 취하면 될 듯합니다. 소염제 처방을 해드리겠습니다."

담당 의사는 간단하게 말했다. 마이크 오노 감독과 투수코치는 안도의 한숨을 내쉬었다. 사흘 정도만 휴식을 취하면 된다고 하니 얼마나 다행인가.

하지만 구현진의 표정은 그다지 좋지 않았다. 일단 소염제 주사를 맞고, 팔꿈치에 얼음 찜질팩을 달았다.

구현진이 휴식을 취하는 모습을 확인한 마이크 오노 감독은 인사한 뒤 감독실로 향했다.

마이크 오노 감독은 볼펜을 책상에 두드리며 고민하고 있었다. 투수코치도 당장 오늘 구현진 대신 올릴 투수를 확인했다.

"마이너에서 지금 당장 올릴 시간이 없습니다. 부담도 되고요. 이대로 기존 투수진에서 대타로 올려야 할 것 같습니다."

투수코치의 말에 마이크 오노 감독도 고개를 끄덕였다.

"그래야 할 듯하네. 하지만 누가 좋을지……."

불펜 투수조를 살펴보았다. 투수코치가 한 친구를 가리켰다.

"브룩스는 어떨까요?"

"브룩스? 좌완이잖아."

"네, 구도 좌완이고 괜찮을 것 같은데요. 딱 5이닝만 막아줘도 충분할 것 같습니다."

"안 돼! 좌완 불펜은 브룩스 혼자인데 뺄 수 없지. 토니는 어때?"

"원래라면 토니를 올려야 하지만 아시잖아요. 요즘 구위가 너무 떨어져 있어요. 게다가 긴 이닝을 소화하기에는 다소 무리가 있습니다."

"그럼 누굴 올려야 해?"

그때 감독실 문을 두드리는 소리가 들렸다. 구현진이 문을 열고 들어오는 것이었다. 그의 팔꿈치에는 얼음팩이 감겨 있었다.

"어쩐 일인가?"

투수코치의 물음에 구현진이 마이크 오노 감독을 보며 말했다.

"오늘 그냥 제가 던지게 해주십시오."

"무슨 소린가? 자네는 부상자 아닌가."

"그저 가벼운 염좌입니다. 소염제도 맞았고, 던지는 데 전혀 문제가 없습니다. 투수라면 누구나 가지고 있는 증상입니다."

구현진이 괜찮다며 말했다. 그러나 투수코치는 강하게 반발했다.

"지금은 비록 가벼운 염좌이지만 나중에는 어떻게 될지도 몰라. 그냥 휴식을 취하게."

"이제 몇 시간 후면 경기인데 누굴 올릴 생각입니까? 마이너 리그에서 오더라도 시간이 부족하지 않습니까. 그렇다고 불펜에도 마땅한 사람이 없는 것으로 알고 있습니다. 그냥 제가 던지게 해주세요. 최대한 무리 안 가게 던지겠습니다."

투수코치가 마이크 오노 감독을 보았다. 구현진이 한번 고집을 부리면 막을 사람이 없었다. 언제나 자기 멋대로 던지는 투수였다. 마이크 오노 감독이 팔짱을 낀 채 고민했다.

'담당 의사도 무리를 안 하는 선에서는 투구가 가능하다고 했다. 그 무리가 어느 정도일까? 일단 100구 이내겠지? 그럼 6~7회? 구의 투구 스타일로 봤을 때 그 정도는⋯⋯.'

마이크 오노 감독의 머릿속이 빠르게 회전했다. 구현진이 마운드에 올라가 준다면야 맘 편히 지켜볼 수 있다. 문제는 구현진이 제 컨디션이 아니라는 것이었다.

잠깐 시간이 흐른 후 마이크 오노 감독이 고개를 끄덕였다.

"자네가 던지고 싶다면 그렇게 하게. 그러나 만약에 조금이라도 이상이 있거나 통증을 느끼게 되면 즉각 말해야 하네, 반드시."

"알겠어요."

구현진의 표정이 밝아졌다. 반면 투수코치의 얼굴은 일그러졌다. 이건 아니라는 생각이 들었다. 구현진이 나가고 투수코치가 마이크 오노 감독에게 말했다.

"감독님! 이건 진짜 아닙니다. 구는 환자입니다. 환자를 등
판시킨다는 것은 말도 되지 않아요."

"가벼운 염좌야. 던지는 데는 이상 없다고 했고."

"그렇지만 구는 젊어요. 까딱 잘못해서 평생 야구를 할 수
없게 되면 어떻게 합니까?"

"알아. 하지만 오늘 던질 선발이 없지 않은가? 일단 선수 본
인이 강력하게 원하고 있고, 무엇보다 자신이 더 잘 알겠지. 그
리고 조금이라도 이상이 생기면 즉각 교체하겠네. 어쨌든 지
금은 구현진 말고는 대안이 없지 않나?"

"……."

투수코치는 말문을 닫았다. 그는 잠시 생각을 하더니 이내
말했다.

"그럼 제안을 하죠. 투구수 100개 이하, 조금이라도 이상이
있으면 즉각 교체. 또한 커터의 봉인!"

"자네의 말에 나도 동의하네. 그리 전해주게."

"알겠습니다."

투수코치가 감독실을 나갔다. 홀로 남은 마이크 오노 감독
은 깊은 한숨을 내쉬었다.

"내가 잘하고 있는 것인지 모르겠네. 젊은 에이스를 망가뜨
리는 것은 아니겠지?"

마이크 오노 감독은 불안감이 들었다. 하지만 왠지 구현진을 믿고 싶다는 생각도 많이 들었다.

경기가 시작되고, 구현진이 마운드에 올랐다. 연습 투구를 한 후 팔꿈치를 점검했다. 특별히 통증을 느끼진 않았다. 마운드를 내려가 잠시 호흡을 골랐다.

그러곤 구현진은 투수코치에게 시선을 두었다. 투수코치는 팔짱을 낀 채 날카로운 시선을 보내고 있었다. 구현진에게 이상 증세가 생기면 당장 마운드로 올라올 것만 같았다.

구현진은 마운드로 올라가기 전 투수코치가 했던 말을 떠올렸다.

'투구수는 100개가 되었을 때 즉각 교체한다. 커터도 봉인한다. 그리고 이상이 있을 시에도 즉각 교체. 이것을 수용한다면 등판을 허락하겠네.'

구현진은 받아들일 수밖에 없었다.

"후우……."

"갑자기 웬 한숨?"

"아, 아무것도 아니야."

"그보다 너 괜찮아? 팔꿈치는?"

"전혀 문제없어. 괜찮아."

구현진이 팔을 돌리며 말했다. 하지만 혼조는 쉽사리 걱정스러운 마음을 지우지 못했다.

"야, 괜찮다니까. 그런 얼굴 하지 마."

"알았어, 인마. 그래도 조금만 이상 있어도 말해줘야 한다. 괜히 무리했다가 큰일 나."

"알았어. 그보다 오늘은 조금 공격적으로 가자. 그리고 커터 사인은 보내지 마."

"왜?"

혼조의 물음에 구현진이 힐끔 더그아웃을 가리켰다.

"코치님이 오늘은 커터 던지지 말래. 투구수도 제한이 생겼어. 100구까지."

"설마…… 너?"

"야! 아니야. 혹시나 해서 그러는 거야. 그러니까, 공격적으로 가자. 알았지?"

"일단…… 알았다."

혼조가 심각한 표정으로 고개를 끄덕였다. 그리고 자신의 자리로 돌아가 앉았다. 포수 마스크를 쓴 혼조는 마운드에 있는 구현진을 바라보았다.

'정말 괜찮은 건가. 괜히 불안해지는데.'

그사이 다이아몬드백스의 1번 타자 데이비드 펠라타가 타석에 들어섰다.

구현진은 혼조의 사인을 받고 초구를 던졌다. 데이비드 펠라타가 초구부터 방망이를 휘둘렀다.

딱!

공이 좌익수 방향으로 날아갔다. 하지만 공은 뻗지 못하고 에인절스 좌익수에게 잡혀 아웃이 되었다.

공 1개로 아웃카운트 1개를 잡아내며 산뜻한 출발을 한 구현진이었다.

그 이후 타석에 들어선 사람은 다이아몬드백스의 2번 타자 에이제이 폴락.

초구 파울팁으로 스트라이크, 2구는 낮게 들어온 공을 골라 볼이 되었다. 3구째 몸 쪽으로 꽉 차게 들어오는 공에 에이제이 폴락이 속아 헛스윙.

"하앗!"

쉭!

2스트라이크 1볼인 상황에서 바깥쪽 멀게만 보이는 낮은 코스에 스트라이크가 꽂히며, 에이제이 폴락은 스탠딩 삼진으로 물러났다.

이어서 3번 타자 폴 골드슈트가 타석에 섰다. 올 시즌 홈런

29개로 아홉수에 걸린 폴 골드슈트였다. 그는 의지를 다지며 방망이를 몇 번 휘두른 뒤 타석에 섰다.

사인을 받은 구현진이 공을 던졌다. 초구 바깥쪽으로 벗어나는 볼이었다. 2구는 스트라이크. 3구는 떨어지는 체인지업에 헛스윙을 유도해 내 성공. 4구째는 높은 볼을 폴 골드슈트가 그냥 지켜보며 볼.

구현진은 2스트라이크 2볼에서 중앙으로 날아가다 몸쪽으로 휘어져 떨어지는 슬라이더를 던졌다. 그 절묘한 코스에 폴 골드슈트가 속으면서 헛스윙, 삼진.

구현진이 1회를 깔끔하게 막아냈다.

-폴 골드슈트마저 헛스윙 삼진으로 물러났습니다.

-아무래도 폴 골드슈트는 마지막 헛스윙했던 공을 커터로 생각했던 모양입니다. 그런데 갑자기 아래쪽으로 휘어져 떨어지는 슬라이더가 들어오자 당황했어요.

-네, 오늘은 구현진이 커터를 던지지 않네요. 또 언제 던질지 모르겠지만, 타자들이 잔뜩 긴장하고 있다는 것은 사실입니다.

-네, 그렇습니다. 방망이가 부서지지 않게 잔뜩 긴장하고 있겠죠. 그보다 오늘 구현진의 컨디션이 좋아 보입니다. 삼진을 2개 잡고, 던진 공은 10구입니다.

-그렇군요. 항간에는 오늘 구현진이 못 던질 수도 있다는 말이 있었는데 말이죠. 어쨌든 산뜻한 출발을 보이는 구현진 투수입니다.

1회 말 에인절스의 공격이 시작됐다.

1번 타자 파투 에스코바는 끈질긴 7구 승부 끝에 헛스윙 삼진으로 물러났다. 2번 안드레이 시몬스는 초구를 타격했으나 좌익수에게 잡혔다.

그리고 3번 타자 매니 트라웃이 타석에 들어섰다. 초구 바깥쪽 스트라이크를 지켜본 매니 트라웃은 고개를 끄덕이고 집중하기 시작했다. 그리고 2구째 똑같은 코스로 날아오는 공을 그대로 받아쳤다.

딱!

-매니 트라웃! 강하게 쳤습니다. 센터 방면, 센터 방면, 중견수가 따라가지 못하고 그대로 지켜봅니다. 매니 트라웃! 1회부터 홈런을 때려냅니다! 솔로 홈런!

매니 트라웃의 비거리 129m 중월 솔로 홈런으로 에인절스가 먼저 앞서갔다.

이윽고 나온 4번 타자는 2루수 앞 땅볼로 아웃되며 물러났고 1회가 종료되었다.

2회 초, 구현진이 마운드에 올랐다. 다이아몬드백스의 4번 타자, 제이디 마르티네즈를 상대로 구현진은 바깥쪽 스트라이크를 던졌다.

딱!

그러나 스트라이크를 잡으러 던진 공이 제이디 마르티네즈의 방망이에 걸려 안타가 되고 말았다. 1루에 나간 제이디 마르티네즈.

구현진은 가볍게 고개를 끄덕인 후 5번 다니엘 데스를 상대했다. 제이디 마르티네즈를 힐끔 보는 것으로 견제하면서 투구를 이어갔다.

다니엘 데스는 초구를 헛스윙했다. 2구째 역시 같은 코스로 들어왔지만, 이번에는 잘 참아내어 볼. 3구째, 구현진이 포심 패스트볼로 스트라이크를 잡았고, 4구째는 다시 볼이 되었다. 그리고 5구째. 4구째와 똑같은 코스로 체인지업을 던지며 헛스윙을 유도해 내는 데 성공, 삼진을 만들었다.

무사 1루에서 1사 1루가 된 상황, 구현진은 다이아몬드백스의 6번 타자 크리스 아리아를 맞이했다. 그는 적극적인 공격 성향을 가진 타자였다.

이에 혼조는 변화구 위주의 투구 패턴을 가져갔다. 초구 커브에 헛스윙. 크리스 아리아가 2구 체인지업을 지켜보자, 혼조는 다시 한번 커브 사인을 냈다.

이것 역시 헛스윙이 되면서 2스트라이크 1볼이 되었다. 카운트가 몰린 크리스 아리아가 중앙으로 날아오다가 툭 떨어지는 공을 건드렸다.

딱!

공은 투수 앞으로 굴러가는 땅볼이 되었다. 구현진이 곧바로 자세를 잡으며 공을 주워 2루를 보았다. 2루는 늦었다고 판단, 1루로 송구하여 아웃을 만들었다.

2아웃에 주자 2루, 이제 안타 하나면 동점이 될 상황이었다. 구현진은 로진백을 툭툭 건드린 후 마운드에 섰다.

그사이 혼조는 빠르게 사인을 보냈다. 그것을 확인한 구현진은 초구를 볼로 보낸 후 2구째, 빠른 공을 던졌다.

딱!

1루 라인을 벗어나는 파울.

펑!

"스트라이크!"

펑!

"스트라이크! 타자 아웃!"

루킹 삼진을 당한 타자는 고개를 갸웃하며 더그아웃으로 향했다. 분명 커터가 들어올 거라고 생각했는데 포심 패스트볼이었다.

-이상하군요. 오늘은 커터를 던지지 않네요.

-그러네요. 커터를 던질 필요가 없다고 생각하나요? 아니면 수 싸움을 벌이고 있는 것일까요?

-아마도 후자 쪽이 아닐까요?

-그렇겠죠. 3회부터는 패턴이 바뀔지도 몰라요.

-아마 그럴 겁니다.

2회 초까지 구현진의 투구수는 24개, 남은 투구수는 76개였다.

2.

3회 초에도 구현진의 삼진 행렬은 계속되었다. 첫 타자는 3구만에 배트가 부서지며 좌익수 팝플라이 아웃으로 물러났다. 나머지 두 타자 모두 헛스윙을 유도하여 삼진을 잡아냈다.

그리고 3회 말 에인절스의 공격이 되었다.

"자, 자! 파이팅 하자고!"

"어이, 호세! 안타 하나 치고 나가자."

혼조의 말에 호세가 방망이를 들며 피식 웃었다.

"안 그래도 그럴 참이다! 기다려!"

호세가 호언장담하며 타석에 들어섰다. 그리고 결국 풀 카운트까지 가는 접전 끝에 6구째 몸쪽으로 파고드는 포심 패스트볼을 힘껏 잡아당겼다.

딱!

공은 3루 베이스를 맞추고 데구르르 굴러갔다. 호세는 빠른 발을 이용해 2루까지 내달렸다. 그런데 거기서 멈추지 않았다. 좌익수가 공을 한 번 더듬는 틈을 노려 3루까지 내달렸다.

공이 3루에 중계되었고, 호세가 곧바로 헤드퍼스트 슬라이딩을 하며 3루 베이스를 터치했다.

"세이프!"

3루심이 두 팔을 빠르게 움직여 세이프를 선언했다. 그사이 호세가 포효하며 더그아웃을 가리키며 소리쳤다.

"봤지? 봤냐고! 내가 안타 친다고 했지!"

"오냐! 잘 봤다!"

"우오오오, 호세!"

무사 3루의 에인절스는 곧바로 추가점을 올린 찬스를 만들었다. 그러나 9번 타자가 팝플라이 아웃으로 물러났다. 아쉬움이 들었지만, 곧바로 1번 타자가 7구 승부 끝에 중전 안타를 때려내 3루수 호세가 여유롭게 홈을 밟았다.

2 대 0으로 앞선 상황에서 2번 타자가 삼진으로 물러나고,

3번 매니 트라웃이 다시 들어섰다. 매니 트라웃은 첫 타석에서 중월 솔로 홈런을 날렸다. 그리고 두 번째 타석에 들어선 매니 트라웃.

초구 스트라이크를 지켜본 후 2구째 몸쪽으로 날아 들어오는 실투성 공을 힘껏 잡아 돌렸다.

딱!

매니 트라웃이 팔로우를 한 후 가만히 지켜보았다.

공은 높이 떠서 중견수 방향으로 날아갔다. 그리고 중견수 상단에 꽂히는 투 런 홈런이 되었다.

매니 트라웃이 2루 베이스를 밟고, 3루를 돌아 홈을 밟았다. 여유로운 얼굴로 더그아웃으로 들어갔다.

"와아아아아!"

"대박!"

동료들은 너, 나 할 것 없이 매니 트라웃을 반겼다. 구현진 역시 자신의 어깨를 가볍게 해준 트라웃에게 고마움을 나타냈다.

그 뒤 4번 타자가 또다시 2루수 땅볼로 물러나며 3회 말 공격이 끝이 났다. 1회 말 1점과 3회 말 3점을 보태 에인절스가 4 대 0으로 앞서갔다.

구현진은 동료들의 점수에 힘입어 4회 초에서도 공격적인 투구를 했다. 2번 타자를 5구 만에 헛스윙 삼진으로 돌려세웠다.

그러나 3번 타자를 3구 만에 좌전 안타로 출루시켰다. 이어서 타석에 들어선 4번 타자는 3구 만에 중월 2루타를 만들었다. 이로써 구현진은 1사 2, 3루 위기에 몰렸다.

하지만 5번 타자를 초구에 3루 땅볼을 만들어 아웃시키며 구현진은 위기를 헤쳐 나갔다.

3루수 파누 에스코바가 주자를 묶어둔 후 1루에 던져 아웃을 만든 합작이었다. 6번 타자를 2구 만에 투수 앞 땅볼로 처리하면서 구현진은 1사 2, 3루 위기를 스스로 벗어났다.

구현진이 4회 초에 던진 공은 14개의 공이었다. 지금까지 총 투구수는 48개가 되었다.

어찌 보면 구현진이 공격적인 투구로 이어가자, 타자들도 공격적으로 나와주었다. 이래저래 구현진을 도와주고 있었다.

구현진이 벤치에 앉아 땀을 훔쳤다. 그때 혼조가 옆에 와 앉았다.

"팔꿈치는 어때?"

"괜찮아. 통증은 없어."

"다행이네. 알았어."

혼조가 가볍게 어깨를 두드리고는 장비를 벗었다. 그리고 에인절스의 4회 말 공격을 지켜보았다. 6번 타자가 좌전 안타를 치며 출루했지만, 후속 타자가 2루수 팝플라이 아웃과 삼진으로 물러나며 득점을 올리지 못했다.

구현진이 모자와 글러브를 챙겨 마운드로 향했다. 7번 타자를 상대로 초구 유격수 라인 드라이버로 아웃. 8번 타자 역시 3루수 아웃으로 물러났다.

9번 타자에게 중전 안타를 맞았지만, 곧바로 1번 타자를 3구만에 헛스윙 삼진을 잡아냈다.

5회 초 안타를 허용했지만 구현진이 후속 타자들을 잘 막아냈다. 5회 투구수는 11개였다.

5회 말 에인절스 공격이 삼자범퇴로 막히고, 6회 초에 구현진이 마운드에 또 올랐다. 투구수는 아직 59개밖에 되지 않았다. 투수코치가 슬쩍 마이크 오노 감독에게 다가갔다.

"감독님, 6회입니다. 이제 불펜을 가동시킬까요?"

"투구수는?"

"네, 현재 59개입니다."

"일단 6회 끝나고 보세."

"알겠습니다."

마이크 오노 감독은 일단 투구수가 적었기에 지켜보기로 했다. 어차피 투구수는 100개 이하로 했기 때문이었다. 하지만 투수코치는 솔직히 걱정이 앞섰다.

'아무리 투구수를 제한했다고 해도 6회까지만 던졌으면 좋겠는데⋯⋯. 적당히 좀 하지. 하여튼 저 팔꿈치로 저렇게 잘 던지니⋯⋯.'

투수코치는 구현진을 보며 절로 고개가 가로저어졌다. 5회까지 59개의 공을 던졌고, 이 상태로 9회까지 가서 이긴다면 아마도 최소 투구 완봉승도 노려볼 만한 상황이었다.

'위기를 기회로 바꾸고 있어. 물론 상대 팀 타자들이 빠른 공격을 하고 있다지만 그래도 칠 수 있는 공이 들어오니까 방망이를 휘두르겠지. 그런데 공은 중심에 맞히지 못해. 이것이 구의 강함이란 말인가?'

투수코치는 마운드에 있는 구현진의 역량에 또다시 놀랐다.

구현진은 6회에도 거침이 없었다. 2번 타자를 3구 만에 헛스윙 삼진으로 돌려세웠다. 3번 폴 골드슈트 역시 5구 만에 헛스윙 삼진을 만들었다.

그리고 다시 상대하게 된 4번 타자 제이디 마르티네스. 구현진은 유독 제이디 마르티네스에게만 안타를 허용하고 있었다.

-구, 2아웃을 잡은 상황에서 제이디 마르티네스를 상대합니다.

-지난 타석에서는 2루타를 때려냈어요. 후속타가 터지지 않아 득점은 못 했지만 오늘은 구에게 강한 면모를 보여주고 있어요.

-네, 맞습니다. 아무래도 다이아몬드백스에는 제이디 마르티네스밖에 없나 봅니다.

-마르티네스의 방망이가 부러지며 또다시 좌전 안타를 만들어냅니다. 오늘 제이디 마르티네스는 100% 출루네요.

-제이디 마르티네스에게만 3개의 안타를 맞고 있어요. 오늘 제이디 마르티네스의 방망이가 활활 타오릅니다.

구현진은 안타를 맞은 후 살짝 인상을 찌푸렸다.

"오늘 컨디션이 좋나 보네."

구현진이 혼잣말을 중얼거리며 로진백을 툭툭 건드렸다. 다시 발판을 밟고 선 구현진은 5번 타자를 상대로 체인지업을 던져 헛스윙, 삼진을 잡아냈다. 6회 아웃카운트 세 개를 모두 삼진으로 잡아내는 괴력을 선보였다.

그리고 6회 말, 혼조가 좌월 솔로 홈런을 터뜨리며 에인절스는 5 대 0으로 크게 앞서갔다.

결국 7회 초에도 구현진이 마운드에 올랐다.

-7회에도 마운드에 오르는 구. 현재까지 투구수가 몇 개죠?

-5회까지 59개를 던졌고, 6회에 15개를 던졌군요. 지금까지 총 74개를 던졌습니다.

-이런 상태면 오늘 완봉 노려볼 만하겠는데요.

-아마도 완봉으로 가겠죠.

중계진의 말대로 완봉으로 가면 좋겠지만 6회 투구수가 좀 많았다. 100구까지 26개의 공이 남은 상황에서 구현진은 잘하면 8회, 아니면 7회까지라고 봐야 했다. 더그아웃으로 돌아온 구현진이 혼조에게 물었다.

"지금 몇 구 던졌어?"

"74개 던졌네."

"그래? 완봉은 힘들겠지?"

"100구까지라고 봤을 때…… 힘들겠지?"

"그래. 뭐, 이 정도면 잘한 거지."

"그래. 이 정도면 충분한 거야."

혼조 역시 구현진을 위로해 줬다. 투수코치가 구현진에게 다가왔다.

"팔꿈치는?"

"문제없어요."

"지금 교체해 줄까?"

"아뇨, 아직 100구까지는 남았잖아요."

"알았다."

투수코치는 더 이상 말을 하지 않았다. 구현진이 던지겠다고 하면 말릴 사람은 아무도 없었다. 어차피 본인 스스로가 더 잘 알고 있었다.

"다음을 지켜보자!"

"오케이!"

그렇게 구현진은 7회에도 마운드에 올라, 공 7개로 삼자범퇴를 만들었다. 8회도 마찬가지. 구현진은 9번부터 이어지는 타선을 또다시 8구로 마무리를 지었다. 7, 8회 2이닝을 공 15개로 마무리를 지은 것이다.

지금까지 89개의 공을 던진 구현진은 이제 최소 투구 완봉승을 노릴 수 있게 되었다. 이는 메이저리그 최초의 경기였다. 9회에 89개 100구까지 11개 남은 상황이었다. 대기록을 눈앞에 둔 상황에서 투수코치는 교체하자는 말을 꺼내지 못했다.

"이, 이거 참······."

마이크 오노 감독도 난감했다. 팔꿈치에 염좌를 앓고 있는 투수가 지금 대기록을 눈앞에 두고 있었다. 어떻게 이런 일이 생겨나는지 몰랐다. 한마디로 구현진은 그냥 괴물이었다.

9회에도 마운드에 오른 구현진. 그 모습을 본 중계진은 난리가 났다.

-9회에도 마운드에 올랐습니다. 지금까지 구현진의 투구수는 89개! 최소 투구 완봉승을 눈앞에 두고 있습니다.

-지난 2017년 다저스의 커쇼가 최소 투구 완투승을 한 적이 있지만, 그 이후에는 한 번도 나온 적이 없죠. 완봉승은 아마도 처음일 겁니다.

-네, 지금 대기록을 눈앞에 둔 상황에서 구현진, 초구를 던집니다.

딱!

3번 타자 폴 골드슈트의 방망이가 반응했다. 공이 높이 치솟으며 중견수 방향으로 날아갔다. 중견수 매니 트라웃이 왼쪽으로 조금 움직이며······.

팡!

잡아냈다.

-1아웃! 공 1개로 아웃카운트 하나를 잡아냈습니다. 현재 투구수 90개! 2명의 타자만이 남은 상황입니다.

-오늘 3안타를 친 제이디 마르티네스가 타석에 들어섰습니다. 이번에도 안타를 친다면 4안타로 팀에서 유일하게 100% 출루와 4타수 4안타를 기록하게 됩니다.

구현진이 심호흡했다. 타석에 선 것은 유일하게 3안타를 허용한 제이디 마르티네스였기에 구현진은 그 어느 때보다도 신중했다.

혼조가 사인을 보내고 구현진이 공을 던졌다. 느린 커브가 날아갔다. 그것을 본 제이디 마르티네스가 힘껏 방망이를 돌렸다.

딱!

공은 유격수 방향으로 굴러갔다. 유격수 호세가 빠르게 캐치해 1루에 던져 아웃을 만들었다.

"자자, 투아웃! 투아웃!"

호세가 손가락 두 개를 펼치며 소리쳤다. 구현진 역시 고개를 끄덕이며 마운드에 올랐다. 이제 아웃카운트 하나에 투구수는 91개가 되었다.

그리고 5번 다니엘 데스가 타석에 들어섰다. 구현진은 크게 호흡을 고른 후 발판을 밟았다.

초구는 바깥쪽으로 많이 빠지는 볼이 되었다. 2구째는 스트라이크로 들어오는 빠른 공에 다니엘 데스가 반응했다.

딱!

하지만 3루측 관중석으로 들어가는 파울이 되었다. 1스트라이크 1볼. 이 상태에서 3구와 4구째는 모두 볼이 되었다. 1스트라이크 3볼, 구현진은 과감하게 몸쪽 스트라이크를 노리며 던졌다.

딱!

이번 역시 다니엘 데스의 방망이도 돌아갔다. 그러나 이 역시 파울이 되며 풀 카운트가 되었다.

구현진은 이제 마지막 한 개의 공을 남겨둔 상태였다. 지금까지 투구수는 96개였다.

"후우……."

구현진이 긴 호흡과 함께 사인을 기다렸다. 혼조가 손가락 세 개를 보이고 손을 바깥쪽으로 까닥까닥 움직였다. 구현진이 고개를 끄덕인 후 자세를 잡았다.

그리고 마지막이 될 수도 있는 97번째 공을 힘껏 던졌다.

후앗!

다니엘 데스의 방망이 역시 반응을 보였다.

'이건 놓치지 않아!'

다니엘 데스가 공을 노려보았다. 그리고 타이밍에 맞추어 방망이를 돌렸다.

'크흑!'

그런데 공이 홈 플레이트 앞에서 뚝 떨어졌다. 다니엘 데스의 방망이는 그만 허공을 갈랐다.

"스트라이크! 아웃! 게임 끝!"

구현진이 두 팔을 벌리며 포효했다.

"우오오오오!"

혼조가 포수 마스크를 벗으며 구현진에게 뛰어갔다.

구현진은 이날 최소 투구 97개, 완봉승을 거두며 또다시 메이저리그 대기록을 세웠다.

-구현진 선수 마지막 타자를 헛스윙 삼진으로 잡아내며 경기를 끝냈습니다.

-오늘 구현진은 9이닝 동안 삼진 13개, 총 투구수는 97개를 기록했습니다.

-정말, 대단하다는 말 말고는 드릴 말이 없습니다. 괴물, 정말 괴물입니다.

-저도 박수를 보냅니다. 어떻게 저런 투구를 할 수 있죠? 도저히 눈으로 보고도 믿기지 않습니다.

-맞습니다. 구현진이 계속해서 메이저리그의 역사를 새롭게 바꾸고 있습니다.

그에 맞춰 각종 언론사의 인터뷰는 구현진이 독점했다.

[구현진, 다이아몬드백스와의 인터 리그 마지막 3연전의 선발 등판!]
[구현진, 9이닝 무실점, 13K 투구수 97개 최소 투구수 완봉승!]

구현진은 동료들의 축하를 세례를 받으며 클럽하우스로 들어갔다. 그곳에서도 축하는 이어졌다. 코칭스태프 모두 구현진에게 엄지손가락을 올리며 대단하다고 했다.

구현진은 팔꿈치 부상에다가 커터를 봉인한 상태에서 최고의 투구를 선보였다.

마이크 오노 감독은 클럽 하우스에 있는 구현진을 보고는 피식 웃었다.

"아무튼 저 녀석, 고집 하나는……"

마이크 오노 감독이 고개를 절레절레 흔들며 자신의 사무실로 들어갔다.

3.

"하아……"

구현진은 왼쪽 팔꿈치에 아이싱을 한 상태로 의무실에 앉아 있었다. 조금 전 담당 의사를 통해 팔꿈치 상태를 확인했다.

그 자리에는 마이크 오노 감독을 비롯해, 투수코치와 친한 동료 선수까지 있었다. 담당 의사는 CT를 확인해 보더니 가볍게 고개를 끄덕였다.

"이상하네요."

"왜 그런가? 상태가 더 안 좋아졌나?"

마이크 오노 감독이 걱정스러운 눈으로 물었다. 그러자 담당 의사가 고개를 가로저었다.

"전혀 이상이 없어요. 염증도 처음에 발견했던 그 상태 그대로네요. 악화되지는 않았습니다. 9이닝 완봉을 했는데도 이상이 없다니…… 거참 이해할 수 없네요."

그제야 마이크 오노 감독과 투수코치의 표정이 밝아졌다. 구현진 또한 마찬가지였다.

"그래도 이제부터 투구는 안 됩니다. 소염제 맞으시고 한 이틀에서 사흘 정도는 반드시 휴식을 취해야 합니다."

"네, 알겠습니다."

그 뒤로 마이크 오노 감독과 투수코치가 가고, 구현진 혼자 의무실에서 팔꿈치에 아이싱을 하고 있었다.

"다행이네. 걱정했는데."

구현진이 자신의 왼쪽 팔꿈치를 보며 안심했다. 그때 문을 두드리는 소리에 고개를 들었다.

"혼조."

문 앞에 혼조가 서 있었다.

"괜찮냐?"

"그래, 괜찮데. 아무 이상 없다는데."

혼조가 구현진 옆으로 왔다. 그러곤 아이싱을 하고 있는 왼쪽 팔꿈치를 바라보더니 이내 입을 열었다.

"정말이야?"

"그렇다니까. 담당 의사가 괜찮대. 전혀 문제없다던데 뭘. 한 2, 3일 정도 쉬면 염증도 없어질 거래."

"다행이네."

혼조는 말을 하면서 옆에 있던 의자를 끌고 와 앉았다.

"야, 현진아."

"왜?"

"여태껏 난 네 고집을 들어줬어. 네가 하고자 하면 두말없이 따랐다. 오늘도 어쩔 수 없이 따랐지만, 솔직히 포수 마스크는 쓰고 싶지 않았다."

혼조의 솔직한 말에 구현진은 적잖이 당황했다.

"야, 왜 그래?"

"다음부터는 네 이런 고집 들어주지 않을 거야. 아니, 항상 최상의 컨디션일 때만 네 공을 받을 거야."

혼조는 진심인 듯 진지한 눈빛으로 말했다.

"갑자기 왜 그런 말을 해? 예전에는 그러지 않았잖아. 항상 함께해 줬잖아."

"그땐 혼자였으니까. 하지만 넌 이제 혼자가 아니잖아. 책임 져야 할 식구가 둘이나 있잖아. 너의 그 무모함으로 인해 걱정 했을 식구를 생각해 봐. 오늘처럼 부상 입은 몸으로 투구해서 더 나빠져 봐. 남아 있는 가족은 어떨 것 같냐? 그런 생각 안 해봤냐?"

혼조의 진지한 말에 구현진은 망치로 뒤통수를 맞은 듯했다. 굳이 곰곰히 생각해 볼 것도 없었다. 혼조의 말 그대로였다.

그 생각에 구현진은 자신의 철없는 행동을 자책할 수밖에 없었다. 혼조의 말을 듣기 전까지 가족을 전혀 생각하지 않았던 자신을 이해할 수 없었다.

"……그래. 나에겐 책임져야 할 가족이 있지."

지금까지 구현진은 야구에 있어서 앞뒤를 보지 않았다. 구현진 앞에는 오직 야구밖에 없었다. 그래서 아카네와 아들이 생겼음에도 야구 할 때는 그것만 보였다. 그것을 오늘 혼조가 일깨워 준 것이다.

"고맙다. 네가 아니었다면 평생 후회할 뻔했어."

"됐어. 이제부터라도 무모하게 하지 말았으면 좋겠다."

"그래. 알았다."

"어, 어쨌든 잘 치료받고. 나 간다."

혼조가 자리에서 일어나 밖으로 나갔다. 구현진의 혼조의 등을 보며 소리쳤다.

"고마워, 형님!"

"그래, 매제!"

혼조 역시 손을 들어 흔들어주었다. 구현진은 아이싱을 하고 있는 왼쪽 팔꿈치를 보며 나직이 말했다.

"이젠 나 혼자만 생각해서는 안 되는구나. 아카네 그리고 내 아들까지 이 팔로 지켜줘야지."

구현진은 진지한 표정으로 중얼거렸다. 그 뒤 구현진은 최상의 컨디션으로 경기에 임했다. 몸 관리에도 최선을 다했다.

그러는 와중 8월에는 기본 7이닝을 책임지며 경기에 임했다. 물론 점수도 최대한 주지 않았다.

그 결과 평균자책점은 점점 떨어졌다. 그리고 8월 마지막 경기에서는 메이저리그 진출 최초로 퍼펙트 경기도 펼쳤다.

그날 구현진은 정말 완벽한 투구를 펼쳤다. 물론 에인절스의 수비진의 도움이 있었기에 가능한 일이었다.

그 뒤로 9월에 들어서는 구현진의 투구에 변화를 주었다. 어떤 경기는 체인지업을 최소한으로 한 채 커터의 비중을 높였다. 또 어떤 경기는 커터를 봉인한 채 경기를 펼쳤다.

최소 경기 투구 때 타자들이 혼란스러워하는 것을 보고 혼조랑 상의한 뒤 만들어낸 작전이었다.

경기마다 스타일을 바꾸는 구현진-혼조 배터리의 볼배합에 상대하는 타자들은 미쳐 버릴 것만 같았다. 경기 전 분석 자료가 아무런 도움이 되지 않았던 것이다.

어떤 때는 커터가 계속 들어오고, 어떤 때는 체인지업이 반겼다. 이런 변화무쌍한 공에 타자들은 제대로 공을 때리지 못했다.

"씨팔! 더러워서 경기 못 해 먹겠네."

"뭐, 저런 괴물 같은 자식이 다 있어!"

"에잇, 마치 농락당하는 기분이야."

구현진과 경기를 펼치는 날이며 타자들이 너, 나 할 것 없이 하소연했다. 그러면서 어떤 타자는 구현진이 등판하는 경기에는 타자로 나가지도 않았다. 그만큼 구현진의 공은 팔색조였다.

그런 와중에 하나의 기사가 올라왔다.

[구현진은 현재 자신이 가진 모든 구종을 제대로 구사할 줄 안다. 그럼에도 불구하고, 내후년에는 새로운 구종을 하나 더 장착할 예정이라고 한다.]

이 기사를 본 메이저리그의 모든 타자가 한숨을 길게 내쉬었다.

└씨팔! 정말이야? 정말이냐고?

└뭐? 또 새로운 구종을 장착한다고? 안 그래도 괴물인데 슈퍼 괴물 되어서 뭐 하려고?

└에잇! 도대체 우리보고 도대체 어쩌라는 거야? 타격을 하라는 거야, 말라는 거야?

└오, 지저스! 난 두 손 두 발 다 들었다.

└야! 구현진! 너 자꾸 그러면 나도 방망이 거꾸로 잡고 타석에 들어선다!

└구현진 너무하네.

└구현진은 반칙이다. 괴물에서 우주 괴물, 그다음은 울트라 슈퍼

괴물이 되려고 한다.

└씨팔······.

이에 팬들도 각양각색의 반응을 보였다.

└구현진은 등판할 때 뭐 던질지 말하고 나와야 해. 그렇지 않으면 이건 정말 반칙이야!

└맞아, 로스터 발표하는 것처럼 구현진도 오늘 사용할 구종 발표를 해야 해.

└정말 양심도 없어. 도대체 방망이를 몇 개를 부러뜨리는 거야. 그 방망이를 충당하려고 구단 재정이 말이 아니라고 하던데······. 앞으로도 몇 개 더 부러뜨릴 예정이지?

└얼마 전에 구현진 때문에 방망이 15개 부러뜨린 거 봤지? 그때 레인저스 구단 파산 직전까지 갔을걸!

└오버하지 마! 말이 되는 소릴 해야지.

└그만큼 구현진 경계령이 떨어졌다는 거잖아, 붕신아! 말귀를 못 알아들어!

그러면서 팬들끼리 놀고 있었다. 물론 여기서 말하는 것은 모두 농담이었다. 일명 '구현진 놀이'는 팬들 사이에서는 어느덧 유행처럼 번져갔다.

구현진의 투구는 압도적이었다. 그 누구 하나 구현진의 공을 제대로 공략한 선수가 없었다. 진짜 몇 개의 수식어를 앞에 갖다 붙여도 모자랐다.

그렇게 구현진이 이끄는 에인절스는 포스트 시즌에 진출했다.

구현진의 정규 시즌 최종 성적은 21승 4패 207탈삼진 1.97의 평균자책점. 마지막 경기에서 7이닝 무실점으로 호투하며 1점 대 방어율에 진입한 것이다.

구현진은 전반기 약간의 불안함을 노출했지만 6월 들어서 반등하며 그 뒤로는 압도적인 투구를 이어나갔다. 그 누구도 범접할 수 없는 완벽한 투구였다.

그렇게, 모두의 두려움을 받아내며 구현진이 포스트 시즌에 들어갔다.

레드삭스와의 아메리칸 리그 디비전 시리즈 1차전 홈 경기에서 선발로 나선 구현진은 7이닝 동안 단 한 점도 실점하지 않으며 역투를 펼쳤다.

우선 2회 2사까지 삼진 5개를 잡으며 위력적인 구위를 보여주었다. 그 뒤로 삼진을 엮어내며 7이닝을 완벽하게 막아냈다.

더불어 매니 트라웃이 5타점 맹활약을 하며 에인절스는 레드삭스를 상대로 7 대 1 대승을 거뒀다.

그 뒤로 포스트 시즌의 사나이 벌랜드와 유현진을 앞세운 에인절스는 레드삭스에게 여유롭게 3연승을 거두며 챔피언십 시리즈에 진출했다.

챔피언십 시리즈에 올라간 에인절스는 애스트로스를 상대했다.

7일 휴식을 취하고 올라온 구현진은 1차전에서 1실점 호투를 펼치며 역시 7이닝을 던져주었다. 4피안타 11탈삼진을 기록했다.

에인절스의 타선은 호세의 활약에 힘입어 점수를 뽑고, 뒤이어 6회에 솔로 홈런과 불펜의 퍼펙트 피칭으로 4 대 1 승리를 거두었다.

그 뒤로 에인절스는 또다시 시리즈 전적 4 대 0으로 월드 시리즈에 진출했다.

월드 시리즈 상대는 컵스였다. 월드 시리즈 1차전에서 구현진은 7이닝 11탈삼진 무사사구, 3피안타(1피홈런) 1실점으로 승리를 이끌었다.

그 뒤로 벌랜드, 유현진 역시 승리를 장식하며 에인절스가 시리즈 스코어 3 대 0으로 앞서 나갔다.

이대로 4 대 0 퍼펙트 승리를 하나 싶었지만 컵스가 4차전에서 한 경기를 만회하며 희망을 이어나갔다.

그러나, 그 희망이 이루어질 거라 생각하는 사람은 아무도 없었다. 5차전 선발이 구현진이었기 때문이다.

그날 구현진은 컵스의 방망이를 무려 10개나 부러뜨리는 역투를 펼쳤다. 8이닝 무실점, 무사사구 12탈삼진을 기록하며 승리를 거두었다.

에인절스는 2년 연속 월드 시리즈에서 우승하며 그들이 최강의 구단임을 다시 한번 과시했다.

그리고 구현진은 월드 시리즈 MVP에까지 선정되었다. 이제 각종 시상식만 남았다.

구현진의 주가는 하늘을 치솟았다. 그야말로 에인절스의 영웅이었다. 이미 영웅이지만 이제는 범접할 수 없는 국민 영웅이 되었다.

그런 상태에서 팬들은 한목소리로 말했다.

└이번 시즌에도 구현진이 MVP가 되지 않는다면 기자들 가만두지 않겠다.

선전포고나 마찬가지였다. 그러나 팬들만의 바람이 아니었다. 에인절스의 열혈 기자도 거들었다.

[이래도 구현진에게 MVP를 주지 않을 텐가.]
-지난 시즌 구현진은 엄청난 성적을 보이며 사이영 상을 수상했다. 하지만 MVP 선정에서는 아쉽게 2위에 머물렀다. 물론 작년에 엄청난

괴물 타자의 등장이 있었기에 어쩔 수 없다는 것은 안다. 그가 때린 홈런이 사람들의 가슴을 설레게 했다는 것에 동의한다.

하지만 올해 특출난 타자는 없었다. 무엇보다 구현진은 타자들을 압도하지 않았나. 시즌 중에 새로운 구종을 가지고 나오며 후반기에는 메이저리그 타자들의 방망이를 수십 개나 부러뜨렸다. 이 정도면 충분히 MVP를 받을 자격이 된다고 생각한다.

이 정도인데도 MVP를 주지 않을 텐가? 만약 그래도 MVP를 주지 않는다면 나도 어쩔 수 없다. 그러나 아마도 팬들이 가만있진 않을 것이다.

그 기사에 팬들이 수백 개나 되는 댓글을 달았다.

└오, 역시 이 기자의 글은 재미나. 확실히 팩트만 적네.

└말 한번 잘한다. 모든 말이 정확하네.

└솔직히 리그 MVP는 투수보다는 타자가 받기 쉽다는 것쯤은 알고 있지? 그 이유는 간단해. 타자는 매일 나와서 경기를 하지만 선발 투수는 돌아가면서 등판하잖아.

└맞아, 그래서 투수가 MVP를 받기 위해서는 타자보다 더 압도적인 파괴력을 보여줘야 해. 그리고 올해 구현진은 충분히 그 모습을 보여줬다는 생각이 드는데, 나만의 착각은 아니지?

└충분하다 못해, 넘치지.

└이번에는 전반기에 약간 부진해서 승수나 스텟이 작년보다 좀 부족해. 그런데 평균자책점은 좋아졌어. 피안타율부터 시작해서 홈런까지 누가 뭐라고 해도 이번 년에는 구현진이야.

기자들 역시 구현진의 손을 들어주고 있었다.

"올해는 구현진 줘야겠다."

"솔직히 구현진한테 안 주고 싶은데, 달리 줄 사람이 없잖아. 무엇보다 이 상황에서 안 주면 큰일 나겠지?"

그때 용감한 기자 한 명이 나서며 말했다.

"그래도 난 안 줄 거야. 타자 줘야지. 그래도 구현진은 사이영 상 받았잖아."

"이게 정신 못 차리고 큰일 날 소리 하네. 너 투표 내용 공개되는데도 자신 있단 거지? 확실히 타자한테 투표한단 거지? 그럼 너 따라가고."

그 말에 자신 있게 말한 기자가 주춤했다.

"아, 투표 내용이 공개된다고? 그럼…… 잠깐 생각 좀 해봐야겠는데."

그 기자는 슬쩍 발을 뺐다.

혼조는 구현진과 얘기를 나눴다.

"야, 너 이번에 사이영 상과 MVP까지 유력하더라."

"에이, 그건 나와봐야 알지."

"이미 기사까지 난 마당에 웬 겸손? 좋으면 좋다고 해, 인마!"

"그래, 좋다! 좋아!"

그러면서도 MVP에 대해서는 조금 생각을 멀리했다. 구단에서도 사이영 상은 확실한데, MVP는 모르겠다고 했다.

하지만 특출난 타자가 없었기 때문에 어쩌면 MVP 수상도 가능할 것이라고 했다. 그리되면 보너스도 두둑하게 챙겨줄 거라고 했다.

시상식 당일 날, 구현진은 깔끔한 정장 차림에 시상식장에 도착했다. 각종 시상식과 함께 사이영 상이 발표되었다. 아메리칸에서는 구현진이 받았다.

"감사합니다. 작년에 이어 올해도 사이영 상을 받았네요. 무엇보다 절 믿어준 감독님과 단장님께 감사의 말을 전합니다. 그리고 저의 와이프와 내 아들에게도 사랑한다는 말을 전하고 싶습니다."

사회자가 구현진에게 다가왔다.

"사이영 상 축하합니다. 그런데 과연 MVP까지 받을 수 있을까요?"

사회자의 짓궂은 질문에 구현진은 솔직하게 말했다.

"솔직히 작년에는 누가 잘했는지 몰랐어요. 하지만 올해는 내가 받아야 할 것 같습니다."

"오오오! 역시 구다!"

"화통해! 당연히 구가 받아야지!"

"구! 구! 구! 구!"

팬들의 열호와 같은 함성이 시상식장 가득 울려 퍼졌다. 그리고 팬들이 자리에서 일어나 기립박수를 보내주었다. 그 모습에 주최 측에서도 살짝 당황했다.

"서, 설마…… 구현진이 받겠지? 만약 못 받으면 폭동 일어나는 거 아냐?"

"그, 그럴 것 같은데요."

그만큼 구현진에 대한 팬들의 사랑은 대단했다. 곧이어 MVP 수상자 발표를 시작했다. 사회자가 발표용 카드를 들고 천천히 확인했다.

"후우……."

사회자의 낮은 한숨 소리가 들려왔다. 그리고 사회자는 조금의 뜸도 들이지 않고 곧바로 수상자를 발표했다.

"수상자는 에인절스의 구현진입니다. 축하드립니다."

구현진이 두 손을 번쩍 들며 환호했다.

· 47장 ·
은밀한 귀국

I.

인천 공항.

입국장으로 모자를 깊게 눌러쓴 평범한 사내가 조용히 들어왔다. 그는 검은색 마스크를 착용한 채 주위를 의식하며 빠른 걸음으로 이동했다.

그때 한 청년의 눈에 그 사내가 눈에 들어왔다. 그 청년은 그 사내를 바라보며 고개를 갸웃했다.

"누구랑 많이 닮아 보이는데……."

그러자 옆에 있던 친구가 말했다.

"누구?"

"저기 검은색 모자에 마스크 착용한 사람. 누구랑 많이 닮지 않았나?"

"글쎄……."

친구도 합세해 그 사내를 보았다. 그렇게 한참을 보던 친구는 화들짝 놀라며 말했다.

"마, 맞다. 그 누구냐. 구, 구현진이네."

"뭐? 구현진? 메이저리그 투수 구현진이라고?"

"그래! 내가 어디서 많이 봤다고 했잖아. 그런데 오늘 입국했나 보네. 원래 기자들이 나오고 그래야 하는데, 아무도 없네."

"몰래 입국했나 보지."

친구는 곧바로 품에서 스마트 폰을 꺼냈다.

"뭐 하는데?"

"야, 사진이라도 찍어야지."

"아, 그래! 나도."

그 친구들은 구현진의 옆모습을 찍었다. 그리고 얼마 후 한 SNS에 구현진의 목격담이 올라왔다.

[#구현진 입국 #구현진 몰래 입국 #구현진 검은 모자, 검은 마스크, 하지만 눈은 가릴 수 없다. #완전 간지 쩔어!]

ㄴ허걱! 진짜? 구현진이 인천 공항에 나타났다고?

ㄴ대박! 그런데 왜 몰랐지? 언론이 난리가 났을 텐데.

└뭔 개소리야. 지금 구현진은 미국에서 파티하고 난리 났겠지. 벌써 귀국했을까?

└내가 진짜 봤는데, 맞아. 구현진이 확실해!

└나도 봤어!

└나도, 나도!

└대애애애애박!

그로부터 얼마 후 각종 포털 사이트에 구현진의 관한 기사가 올라왔다.

[구현진 홀로 극비 귀국!]

[극비 귀국의 목적은 신병 훈련을 받기 위해서라고 함!]

[구현진 12월 첫째 주부터 5주간 훈련소에 입소!]

구현진이 공항 게이트를 벗어나 어떤 차에 급히 올라탔다. 운전석에는 박동희가 있었다.

"잘 왔어. 제수씨랑 아들은?"

"내일 올 거예요. 잘 좀 부탁할게요, 형."

"걱정 마. 곧바로 논산 갈 거지?"

"그래야죠."

"알았어."

박동희가 막 출발하려고 할 때 구현진이 말했다.

"형, 아니에요. 용산역에 데려다줘요. 나 기차 타고 혼자 갈 테니까."

"왜? 내가 데려다줄게."

"에이, 5주 훈련인데, 그냥 조용히 다녀오고 싶어서 그래요."

"그래도……."

"괜찮다니까. 그냥 내일 올 아카네랑 우리 아들 부탁할게요."

구현진의 말에 박동희가 고개를 끄덕였다.

"알았다. 녀석도 참……."

"후훗, 나도 군대 가는 기분을 느끼고 싶어서 그래요. 이런 노랫말도 있잖아요? '집 떠나와 열차 타고, 훈련소로 가는 날' 그걸 제대로 느끼고 싶어요."

"훗, 지랄한다. 아무튼 용산역에 데려다주면 되지?"

박동희는 피식 웃으며 차를 출발시켰다.

구현진은 모자를 꾹 눌러쓴 채 논산역에 내렸다. 잔뜩 늘어선 택시를 탄 구현진이 말했다.

"논산 훈련소요."

그때 기사가 백미러를 통해 구현진을 보았다.

"오늘 훈련소 입소하는가 보네요."

"아, 네……."

구현진은 혹시나 자신을 알아볼까 봐 모자를 푹 눌러쓰고 조심스럽게 대답했다.

"남자라면 말이지. 군대는 확실히 갔다 와야지. 안 그럼 사내도 아니지. 나도 군대 갔는데, 저기 철원에서 근무했거든요. 몇 사단이고, 아무튼 하루는 눈이 엄청 내렸지."

구현진는 가는 내내 기사님의 군인 시절 얘기를 들어야 했다. 그때 구현진의 눈에 허름한 미용실이 눈에 들어왔다.

"기사님 여기 세워주세요."

"와요? 조금만 더 가면 되는데."

"머리카락을 잘라야 해서요."

"아, 그래?"

기사는 미용실 앞에 세워주었다. 택시비를 주고 내린 구현진은 미용실을 올려다보았다. 그리고 문을 열고 안으로 들어갔다.

"어서 오세요."

나이가 좀 있는 아주머니가 난로 앞 소파에 앉아 졸고 있었다. 문이 열리는 소리에 화들짝 깨어난 아주머니가 정신을 차리며 말했다.

"어떻게 오셨어요?"

"머리카락 자르러 왔어요."

"아, 그래요? 이리 앉아요."

아주머니의 안내로 자리에 앉은 구현진이 모자를 벗었다. 거울에 비친 자신의 모습을 보며 구현진이 피식 웃었다. 그때 아주머니가 다가왔다.

"어떻게 잘라줄까?"

"짧게요. 저 군대 가거든요."

"군대? 아이고, 추운데 고생하겠네."

"고생은요. 남자라면 당연히 가야 할 군대인데."

"어머나, 총각은 말도 잘하네."

"감사합니다."

"그럼 어디 보자."

아주머니는 구현진의 머리카락을 바라보더니 곧바로 이발기를 들었다.

지이이이잉!

그리고 머리를 매만지던 아주머니가 깜짝 놀랐다.

"어머나 총각 얼굴이 참 잘생겼······. 그런데 머리가 참 크네. 맞는 모자가 있으려나 모르겠네."

"하핫! 있을 거예요."

구현진이 난감한 얼굴로 말했다. 그러자 아주머니가 구현진의 등을 때렸다.

짝!

"농담이다, 농담! 총각 놀란 얼굴 보니까 웃기네."

"하하, 그런 농담을……."

구현진 역시 어색한 웃음을 지었다. 그사이 아주머니는 구현진의 머리카락을 자르기 시작했다. 구현진의 긴 머리카락이 바닥에 떨어졌다. 구현진은 자신의 머리카락이 잘리는 모습을 거울을 통해 담담히 바라보았다.

그때 TV 화면을 통해 스포츠 하이라이트가 방송되고 있었다. 그런데 화면 속에 구현진의 모습이 나타나는 것이었다.

아주머니의 시선이 자연스럽게 TV 화면으로 향했다. 그곳에 나온 구현진을 보고 아주머니가 환하게 웃었다.

"어머나, 구현진이 나왔네. 인물도 훤하고, 돈도 정말 많이 벌었다고 하던데. 구현진의 부모님은 얼마나 좋을까?"

그 소리에 구현진 역시 힐끔 TV를 보았다. 자신의 모습을 보자 조금 어색했다. 그런데 아주머니가 머리카락을 자르다가 물었다.

"총각! 혹시 야구 좀 알아?"

"야구요? 좀 알죠."

"그럼 구현진은?"

"글쎄요, 저는 잘 모르겠네요."

"구현진을 몰라? 한국 사람 맞아? 저 총각이 공을 정말 잘 던진다던데. 미국에서 난리 났다고 하데. 부인까지 엄청 예쁘다고 하더라고."

"아, 그래요?"

구현진은 짐짓 모르는 척 말했다. 하지만 입가에는 어느새 미소가 걸려 있었다.

"어머나 별일이다. 총각이 구현진도 모르고 말이야."

"공부만 해서요."

"그래도 전 국민이 다 아는 구현진을 총각은 왜 모르지?"

"하하."

구현진은 속으로 저 TV 속에 나오는 구현진이 바로 자신이라고 말하고 싶었다.

그런데 아주머니는 직접 머리를 만지고, 자르고 있으면서도 모르고 있었다. 아주머니는 머리카락을 자르면서도 TV 화면을 힐끔힐끔 보았다.

"이야, 잘생겼다."

"그래요? 저는요?"

구현진이 은근슬쩍 물어보았다. 그러자 아주머니가 거울 속 구현진을 보며 깜짝 놀랐다.

"어?"

구현진은 드디어 자신을 알아본 것이라 생각했다. 슬쩍 입꼬리를 올리며 미소를 보여주었다.

"어머나!"

"네, 맞아요. 제가 바로······."

"총각도 생각보다 잘생겼네. 머리 짧게 깎으니까 신수가 훤해졌네."

"아, 예······. 감사합니다."

역시나 아주머니는 구현진을 못 알아봤다. 그 뒤로 구현진은 입을 굳게 다문 채 머리를 맡겼다. 약 20분 후 짧게 잘린 머리를 보며 구현진은 새삼 군대에 간다는 것을 실감했다.

"아주머니, 얼마예요?"

"만 원! 총각이 잘생겨서 특별히 2천 원 깎아주는 거야."

"고맙습니다. 수고하세요."

"그래요. 잘 가요, 총각! 훈련 잘 받고."

"네, 아주머니."

구현진은 인사하고 밖으로 나왔다. 그리고 하늘을 올려다보았다. 푸르른 하늘에 구름 몇 개가 떠 있었다.

그때 구현진의 뇌리에 고 김광석 가수가 부른 '이등병의 편지' 노래 가사가 떠올랐다.

'집 떠나와 열차 타고, 훈련소로 가는 날······.'

휘이이잉!

갑자기 찬바람이 구현진의 몸을 스치며 지나갔다. 그 순간 구현진은 화들짝 놀랐다.

"아이고, 추워라. 귀가 엄청 시리네."

구현진은 짧아진 머리 사이로 찬바람이 들어오자 엄청난 추위를 느꼈다. 곧바로 귀를 감싼 후 몸을 부르르 떨었다.

"춥다, 추워. 이 날씨에 훈련받을 생각하니 깝깝하네."

구현진이 손에 든 모자를 다시 꾹욱 눌러썼다. 그리고 몸을 잔뜩 움츠리며 논산훈련소를 향해 걸음을 옮겼다.

약 10여 분을 걷다 보니 사람들이 하나둘 많아졌다. 짧은 머리 스타일로 봤을 때, 오늘 입소하는 동기들인 모양이었다.

그들은 가족들과 함께, 또는 친구들 그리고 연인과 함께 왔다. 입구에서 울먹이는 여자 친구를 달래는 남자 친구. 훈련소 입구에서 기념사진 한 장 찍으려 하는 친구들도 있었다.

"여기서 사진 한 장 찍자! 기념으로 남기게."

"그럴까?"

그러면서 구현진에게 스마트 폰을 내밀었다.

"저기, 죄송한데요. 사진 한 장 찍어주시겠어요?"

"아, 네."

구현진은 얼떨결에 사진을 찍어주었다. 4명의 친구가 입구에 나란히 서서 활짝 웃는 모습이 멋있어 보였다.

"자, 찍어요. 하나, 둘, 셋!"

사진을 찍어준 구현진이 스마트 폰을 돌려주었다.

"감사합니다."

"어디 보자! 잘 나왔네."

구현진은 그런 친구들을 보며 씁쓸한 미소를 지었다. 이때 갑자기 아카네와 자신의 아들이 정말 보고 싶었다.

"아카네는 잘 오고 있겠지?"

구현진이 다시 한번 하늘을 올려다보았다. 그리고 훈련소 입구를 향해 걸음을 옮겼다.

"그래, 어차피 5주 뒤에 나올 곳이야. 5주 뒤에……."

구현진이 그렇게 중얼거리며 훈련소 입구로 발을 내디뎠다. 주위에는 수많은 사람이 함께 움직였다. 그렇게 얼마 가지 않아 넓은 운동장이 나왔다.

운동장 건너편에는 '이 한목숨'이라는 글이 적힌 탑이 세워져 있었다. 그 앞에 구현진은 한동안 서 있었다.

"멋진 글이네."

그렇게 중얼거리고는 조금 더 걸음을 옮겼다. 그러자 밴드 공연과 노래자랑 같은 행사가 시작되었다. 아직 입소식까지 시간이 남아 있기에 아래쪽 벤치에 앉아 구경하며 시간을 보냈다.

입대하는 청년들과 부모들이 나와 각종 장기 자랑과 노래 자랑을 펼쳤다. 그 모습을 보며 구현진은 오랜만에 웃음을 지어 보였다. 그렇게 약 30분의 시간이 흐른 후 연병장에서 마이크 소리가 들려왔다.

치익, 칙!

"지금 현 시간부로 입소자는 연병장에 집합합니다. 다시 한 번 말합니다. 현 시간부로 입소자는 연병장에 집합합니다."

그 소리에 앉아 있던 구현진이 자리에서 일어났다. 주위에 있던 다른 동기들도 하나둘 일어났다. 그리고 가족들과 마지막 포옹을 하며 하나둘 연병장으로 향했다.

그들은 때론 부모님의 아들, 때론 한 여자의 남편, 때론 친구 그리고 남자친구였다. 그들의 눈에는 한가득 눈물이 고여 있었다. 몇몇 사람은 오열하며 울기도 했다.

그 속에 구현진이 있었다. 구현진은 연병장으로 내려가 줄을 찾아 섰다. 그 앞에 빨간색 모자를 쓴 조교가 각 잡힌 자세로 서 있었다.

"자자, 훈련병 빨리 줄 섭니다."

후다다닥!

동기들이 하나둘 줄을 섰다. 그때 들려오는 중저음의 목소리.

"지금 발이 보입니다. 빨리빨리 움직입니다."

그 소리에 훈련병들의 발걸음을 더 빨라졌다. 하나둘 4열 종대로 줄을 섰다. 붉은 모자를 쓴 조교가 슬쩍 고개를 들어 확인했다. 그 순간 이마가 살짝 찡그려졌다.

"지금 소풍 왔습니까? 아직도 멋 부리고 싶습니까? 지금 당장 모자 벗습니다."

그 소리에 하나둘 모자를 벗기 시작했다. 하지만 구현진은 조교의 목소리를 듣지 못했다. 혼자 모자를 쓰고 있었다. 그러자 곧바로 조교의 목소리가 들려왔다.

"어이, 거기 혼자 모자 쓴 장병! 지금 나랑 해보자 이겁니까? 빨리 모자 벗습니다!"

구현진이 화들짝 놀라며 모자를 벗었다. 그 순간 조교의 눈빛이 바뀌었다. 살짝 놀란 눈치였다. 그것은 주위에 있던 동기들도 마찬가지였다.

"혁, 구, 구현진?"

"정말 구현진이에요?"

옆에 있던 동기가 물었다. 구현진은 어색한 미소를 지으며 고개를 끄덕였다.

"와, 대박! 진짜야."

"진짜 구현진이 왔어."

"내 동기가 구현진이야?"

갑자기 웅성거리며 소란스러워지자 여지없이 조교의 목소리가 들려왔다.

"누가 잡담합니까? 누가!"

중저음에서 뽑혀 나오는 성량은 50여 명의 훈련병 귓가에

뚜렷하게 들려왔다. 그 순간 훈련병들은 자세를 바로잡으며 입을 다물었다.

"지금은 부모님들이 지켜보는 관계로 그냥 넘어가지만 들어가서 지켜보도록 하겠습니다. 안에서도 이런 식이면 아주 곤란합니다, 알겠습니까?"

"네!"

"안에서 목소리도 이 정도면 곤란합니다. 알겠습니까?"

"네, 알겠습니다!"

"좋습니다. 안에서도 이 같은 목소리를 본 조교에게 들려주길 바랍니다. 그럼 이대로 잠시 대기합니다."

그러면서 몸을 홱 돌렸다. 그 순간 구현진은 긴장했던 것이 조금 풀어졌다. 낮게 한숨을 내쉬었다.

"후우……."

그리고 하늘을 올려다보며 홀가분한 마음으로 머리를 쓰윽 만졌다. 짧아진 머리가 손에 전해졌다.

"5주간 난 죽었구나."

2.

"하나, 둘, 셋……."

조교의 구령에 발을 맞춰가며 신병 교육대 건물로 향했다. 구현진은 5중대 4생활관에 배정을 받았다. 조교가 들어와서 얘기했다.

"별다른 얘기가 있을 때까지 대기합니다."

조교가 나가고 생활관에는 조용한 적막감이 흘렀다. 구현진 역시 입을 다문 채 가만히 앉아 있었다.

그때 한쪽에서 소곤소곤하는 소리가 들렸다. 구현진은 자신에 대해 얘기하고 있다는 것을 알았다. 그래서 짐짓 모른 척 가만히 있었다. 그러나 그들의 얘기가 귀에 다 들렸다.

"야, 물어봐 봐!"

"네가 물어봐."

"아이 씨, 네가 옆에 있잖아. 물어봐."

두 신병이 말다툼하고 있었다. 서로 말을 놓는 것으로 보아 친구인 모양이었다.

"너, 이러기야? 내가 누구 때문에 여기에 있는데……."

"아, 알았어. 물어보면 되잖아."

아마도 자신뿐만 아니라, 생활관에 있는 모든 동기가 다 궁금해하고 있을 것이다. 모두의 시선이 그 녀석에게 향했다

"저, 저기……."

구현진은 자신을 부른다는 것을 알면서도 모른 척했다. 그때 다시 한번 그가 큰 목소리로 구현진을 불렀다.

"저, 저기요!"

구현진은 어쩔 수 없이 고개를 돌려 대답했다. 입가에는 미소가 한가득이었다.

"네?"

"혹시, 메이저리그 구현진 선수 맞아요?"

"네, 맞습니다."

그 순간 생활관이 웅성웅성거렸다. 모두 초롱초롱한 눈으로 구현진을 바라보았다.

"서, 설마 했는데…… 진짜였어!"

"형, 반가워요. 저 진짜 팬이에요."

"아, 네……. 감사합니다."

그러자 반대편에 있던 사람들도 뛰어와 악수를 청했다.

"저도요!"

"저도……."

3내무실은 한순간 팬미팅 현장으로 바뀌었다.

하지만 그들 앞에 서서히 악의 그림자가 다가오고 있다는 사실은 꿈에도 몰랐다.

"형, 진짜 공 잘 던지던데요. 미국인들 안 무서워요?"

"전혀요."

"대박! 대박!"

"형, 형! 비결이 뭐예요?"

"굳이 비결까지는……."

구현진 역시 생활관 동기들의 질문에 일일이 답변을 해주었다. 그때였다.

쾅!

생활관에 있던 동기들이 일제히 고개를 돌렸다. 문 입구에 붉은 모자를 쓴 조교가 서 있었다. 그의 주위로 검은색 아우라가 스멀스멀 올라오고 있었다.

후다다닥!

동기들이 일제히 자신의 자리로 가서 앉았다. 하지만 이미 한참 늦은 후였다.

뚜벅, 뚜벅.

조교가 말없이 생활관 안으로 들어왔다. 동기들의 눈동자가 심하게 흔들렸다. 잔뜩 긴장해 있는데 조교의 발걸음이 멈췄다. 그리고 중후한 목소리가 생활관 가득 낮게 울려 퍼졌다.

"지금 놀러 왔습니까? 아니면 MT 왔습니까?"

"……."

생활관은 그야말로 쥐죽은 듯 조용했다. 조교의 목소리만이 울려 퍼질 뿐이었다.

"한 번만 더 떠들면 그땐 저도 책임지지 못합니다. 알겠습니까?"

"네! 알겠습니다."

생활관이 떠나갈 듯 소리를 질렀다.

"목소리 봐라. 알겠습니까?"

"네, 알겠습니다."

동기들은 더욱더 큰 목소리로 대답했다. 그제야 조교는 고개를 가볍게 끄덕이며 말했다.

"항상 이 목소리를 유지하시기 바랍니다."

"넵!"

"좋습니다. 이 시간부터 신체 검사 및 보급품을 받도록 하겠습니다. 지금 즉시 연병장에 모이도록 하겠습니다. 실시!"

"실시!"

후다다닥!

구현진은 말이 끝나기 무섭게 신발을 신고 밖으로 뛰쳐나갔다. 그 뒤로 다른 동기들도 함께 움직였다. 그리고 오와 열을 맞춰 신체검사를 받았다.

모든 것을 차례로 지급받은 후 곧바로 보급품도 받았다. 다시 줄을 서서 조교의 인솔하에 생활관으로 복귀했다.

"자신의 관물대 서랍을 열어보면 그곳에 바늘과 실 그리고 번호가 있을 것입니다. 그것을 지금 가지고 온 보급품에 장착합니다."

조교는 전투복 하나를 가지고 와 번호를 붙이는 위치까지 아주 상세히 설명해 주었다. 약 5분간 설명이 끝난 조교가 물었다.

"난 아직도 모르겠다. 거수!"

그 누구도 손을 들지 않았다. 하지만 솔직히 구현진은 손을 들어 물어보고 싶었다.

그런데 손을 들어 물어보면 왠지 야단을 맞을 것만 같았다. 그래서 가만히 있었다. 아마 다른 동기 녀석들도 마찬가지인 모양이었다. 눈동자를 굴리는 것이 대부분은 잘 모르는 것 같았다.

조교가 훈련병들을 훑어보았다.

"없습니까?"

"……."

"대답합니다."

"네, 없습니다."

"그럼 번호 장착하는 시간 15분 줍니다. 몇 분?"

"15분입니다."

"목소리 봐라! 누가 목소리 그렇게 내라고 했습니까! 몇 분!"

"15분입니다."

"15분 후에 다시 오겠습니다. 그때까지 다 못한 사람이 있으면 각오하시기 바랍니다, 이상!"

조교가 다시 생활관을 나가고, 동기들은 일제히 깊은 한숨을 내쉬며 전투복에 번호를 달려고 했다.

구현진 역시 바늘과 실을 찾아서 번호를 확인했다. 64번이었다. 구현진은 그것을 가만히 바라보았다. 조금 전 분명히 조교가 알려줬는데 지금은 아무것도 기억이 나지 않았다. 머릿속이 하얗게 변했다.

"어떻게 하라고 했지? 몇 번이더라?"

구현진은 중얼거리며 힐끔 옆에 동기가 하는 것을 보았다. 그 동기도 옆 동기에게 물어보고 있었다.

"어떻게 하는 겁니까?"

다행히 그 동기는 알고 있었다.

"여기에 붙여서 위에 가로 4개, 세로 2개입니다."

"아, 감사합니다."

구현진도 그것을 듣고 고개를 끄덕였다. 재빨리 바늘과 실을 빼냈다. 적당한 길이로 실을 쭉 빼내 입으로 잘랐다.

그런데 문제는 역시 생겨났다. 자그마한 바늘구멍에 실이 들어가지 않았다.

"아, 미치겠네."

구현진 말고도 몇몇 동기도 마찬가지였다. 여기서 시간을 좀 잡아먹었다. 급기야 옆의 동기가 나섰다.

"이리 주십시오."

동기는 재빨리 입에 실을 넣어 침을 바른 후 신중하게 바늘구멍에 넣었다. 단 한 번에 성공하자 구현진의 눈이 커졌다.

"와! 대단합니다."

"별것 아닙니다."

그 동기는 뿌듯한 미소를 머금고 다시 자신의 할 일을 시작했다. 생활관에는 남자 여러 명이 모여 앉아 바느질하는 진귀한 풍경이 일어나고 있었다.

그리고 15분이라는 시간이 어찌나 빨리 흘러가는지 이제 막 상의 한 곳에 번호표를 달았는데 조교가 나타났다.

"동작 그만!"

구현진은 재빨리 하던 일을 멈추었다. 그러나 몇몇이 꼼지락거렸다.

"동작 그만이라고 했습니다. 지금 본 조교의 말을 무시하는 겁니까?"

조교가 꼼지락거린 동기에게 다가갔다.

"동작 그만이라는 소리 못 들었습니까?"

"아닙니다."

"그런데 왜 움직였습니까?"

"그게……"

"일어서!"

후다닥!

"동작 봐라. 앉아! 일어서! 앉아! 일어서!"

그렇게 몇 번을 반복했다. 생활관은 또다시 긴장감으로 가득했다.

"정신 차립니다. 알겠습니까?"

"네!"

"좋습니다. 그럼 번호표 다 단 사람 거수!"

구현진이 주위를 빠르게 살폈다. 그런데 그 누구 하나 손드는 사람이 없었다.

"없습니까?"

"……."

조교의 물음에도 답할 수가 없었다. 조교의 눈매가 날카롭게 바뀌었다.

"15분이라는 시간을 줬는데, 누구 하나 단 사람이 없습니까? 모두 일어서!"

후다닥!

앞서 한 동기가 당하는 걸 봤기에 다들 빠르게 움직였다.

"앉아! 일어서! 앉아!"

몇 번을 반복했다. 그리고 조교가 다시 시계를 보았다.

"5분 더 주겠습니다. 5분 안에 모두 끝내길 바랍니다."

그때 용기 있는 동기 한 명이 손을 번쩍 들며 말했다.

"10분 주십시오."

"10분?"

"네, 그렇습니다."

"정말 10분이면 모두 끝낼 수 있습니까?"

"네!"

"좋습니다. 여러분이 약속했기 때문에 10분을 드리겠습니다. 그럼 10분 후에 다시 오겠습니다. 참고로 말하면 전 약속을 지키지 않는 사람을 무척이나 싫어합니다. 이상!"

조교가 몸을 돌려 다시 생활관을 나갔다. 생활관은 또 한 번 전쟁터가 되었다.

구현진 역시 손놀림을 서둘렀다. 그래도 한 번 해봤다고 조금 전과는 달리 손에 꽤 익었다.

하지만 10분의 시간 역시 정말 빨리 지나갔다. 전투복 상의 두 개를 끝내고, 모자에 막 작업을 하려는 찰나 조교가 나타났다.

"동작 그만! 동작 그만!"

훈련병 모두 일제히 동작을 멈추었다. 조교가 쭉 훑어본 후 조용히 말했다.

"다 끝낸 훈련병 거수!"

그러자 몇몇 훈련병이 손을 들었다. 하지만 모든 훈련병이 일을 마친 것은 아니었다.

"이것밖에 안 됩니까? 여러분이 10분을 달라고 해서 10분을 줬습니다. 그런데 왜 못한 겁니까? 내가 말했습니다. 난 약속을 지키지 않는 사람을 무척이나 싫어한다고 말입니다. 완성하지 못한 사람 자리에서 일어서!"

후다닥!

"팔굽혀펴기 준비!"

구현진을 비롯해 일제히 팔굽혀 펴기 자세를 취했다.

"팔굽혀펴기 10회. 몇 회?"

"10회!"

"목소리 봐라, 15회. 몇 회?"

"15회!"

"아직도 중얼거립니다! 목소리가 그것밖에 안 나옵니까? 20회! 몇 회?"

"20회!"

"20회 시작!"

하나, 둘, 셋, 넷……

구현진은 손쉽게 팔굽혀펴기를 했다. 이건 운동이지, 얼차려가 아니었다. 하지만 다른 동기들은 10개째부터 신호가 왔는지 속도가 느렸다. 구현진은 이미 20개를 끝내고 가만히 있었다.

그때였다.

"박 조교."

박 조교가 고개를 휙 돌렸다. 그곳에 신병교육대 대대장과 중대장이 서 있었다. 박 조교는 화들짝 놀라며 경례했다.

"충성!"

"그래. 고생이 많다."

신병교육대 대대장이 흐뭇한 얼굴로 고개를 끄덕였다. 그리고 생활관으로 들어와 상황을 확인했다.

"지금 뭐 하는 거지?"

"아, 그게 교육 중이었습니다."

"팔굽혀펴기가 교육이었나?"

"아닙니다."

그러자 중대장이 곧바로 소리쳤다.

"모두 일어서!"

그 소리에 엎드려뻗쳐 있던 훈련병이 모두 일어섰다. 신병교육대 대대장은 살짝 인상을 쓰고는 훈련병들을 하나하나 바라보았다.

그들은 바짝 긴장한 채로 가만히 있었다. 특히 중대장과 박 조교는 더욱 긴장한 상태였다. 신병교육대 대대장이 어느 한 사람 앞에 멈췄다.

"오오, 구현진 선수! 반갑습니다."

대대장이 악수를 위해 손을 내밀었다.

"네, 64번 훈련병 구현진!"

구현진 역시 잔뜩 기합이 들어간 상태로 손을 내밀어 악수했다.

"그래요, 안 그래도 조금 전에 구현진 선수가 왔다는 소리를 들었어요. 저에게 진즉에 말하시죠."

그러면서 신병교육대 대대장이 낮은 목소리로 구현진에게 말했다.

"저, 구현진 선수 팬입니다."

"가, 감사합니다."

뜻밖의 커밍아웃에 구현진은 약간 얼떨떨한 얼굴이 되었다.

"중대장, 지금 뭐 하고 있나?"

신병교육대 대대장의 물음에 중대장이 나섰다.

"지금 훈련병들 번호표를 달고 있습니다."

"아, 그래?"

신병교육대 대대장이 힐끔 구현진이 단 번호표를 보았다.

"아직 마무리 못 지었네요."

"네, 지금 바로 마무리……."

구현진이 말하려는데 신병교육대 대대장이 고개를 돌려 박 조교를 보았다.

"구현진 선수가 아직 마무리 못 지었다는데……."

"네에? 아, 조금 더 시간을 줄 생각이었습니다."

"그래? 그래도 난 지금 구현진 선수와 얘기를 좀 하고 싶은데……. 나에게 시간을 뺏기면 이거 다 못할 텐데."

"제, 제가 달아놓겠습니다."

박 조교는 금방 그 말뜻을 깨닫고 답했다. 그러자 신병교육대 대대장이 환하게 웃었다.

"그래요. 그렇게 해주겠나?"

"네, 알겠습니다."

박 조교는 구현진이 마무리 짓지 못한 모자를 들고 바느질을 시작했다. 그사이 신병교육대 대대장이 고개를 돌려 다시 구현진을 보았다.

"나랑 잠시 사진 좀 찍을 수 있어요?"

"아, 예. 괜찮습니다."

신병교육대 대대장이 곧바로 스마트 폰을 꺼냈다. 그것을 중대장에게 내밀었고 중대장은 그것을 받아 자세를 취했다.

구현진이 신병교육대 대대장 옆에 섰다. 대대장은 미소를 환하게 지었다. 구현진 역시 마찬가지였다.

"자, 셋 하면 찍겠습니다. 하나, 둘, 셋!"

찰칵!

"한 번 더 찍겠습니다."

두 번의 사진 촬영을 마치고 대대장이 넌지시 말했다.

"우리 딸이 구현진 선수를 엄청 좋아합니다. 이따가 사인도 좀……."

"물론입니다. 당연히 해드려야죠!"

"하하핫! 그럼 점심 먹고 내 사무실에서 차라도 한잔하죠."

구현진이 중대장과 박 조교를 보았다. 그러자 중대장이 곧바로 대대장에게 말했다.

"점심 식사 후 제가 구현진 선수를 데리고 가겠습니다."

"알겠다."

신병교육대 대대장은 근엄하게 말한 후 다시 구현진을 보았다.

"그럼 나중에 봐요. 점심 맛있게 먹고."

"네, 알겠습니다."

신병교육대 대대장이 볼일을 마친 그때 박 조교 역시 번호표를 다 달았다.

"충성!"

"그래."

신병교육대 대대장이 몸을 돌려 나갔다. 중대장이 박 조교에게 뭐라고 귓속말을 한 후 재빨리 대대장 뒤를 따라갔다.

"충성⋯⋯."

박 조교가 경례한 후 인상을 찌푸렸다. 그리고 나직이 말했다.

"지금 번호표 단 사람은 정리해서 관물대에 넣습니다. 못 한 사람은 옆 동기의 도움을 받아 마무리 지은 후 역시 관물대에 넣습니다. 그리고 점심시간 전까지 생활관에서 대기합니다."

그 말을 하고, 박 조교가 몸을 돌려 생활관을 나갔다. 잠시 후 동기들이 놀란 눈으로 소리쳤다.

"대애애애박! 이거 실화냐! 실화냐고."

"아니, 대대장이 직접 찾아왔어."

"이거 진짜 꿈꾸는 거 아니지? 이건 진짜 말이 안 되는 거야."

"역시 우리 형님 짱이다!"

동기들이 저마다 구현진을 향해 존경의 눈빛을 보냈다. 아니, 이미 존경하고 있지만 마치 신이라도 되는 듯 우러러보고 있었다.

그렇게 그들은 대기하다가 점심을 먹은 후 다시 생활관으로 복귀했다. 박 조교가 다시 생활관에 모습을 드러냈다.

"64번!"

"네, 64번 훈련병 구현진!"

"64번 훈련병은 날 따라오고, 나머지는 생활관에서 대기한다."

구현진은 곧바로 전투화를 신고 박 조교의 뒤를 따라갔다. 구현진이 도착한 곳은 신병교육대 대대장실이었다.

3.

똑똑똑!

"들어와!"

박 조교가 문을 열고 들어갔다.

"충성! 상병 박인호. 대대장님께 용무 있어 왔습니다."

박 조교 뒤로 구현진이 따라 들어왔다. 대대장의 사무실에는 중대장도 함께 있었다.

"오오, 구현진 선수. 어서 와요. 여기 자리에 앉아요."

신병교육대 대대장은 병사들에게 대하는 것과 구현진에게 대하는 태도가 정말 달랐다. 구현진이 자리에 앉자 중대장이 박 조교를 보며 말했다.

"박 조교는 돌아가서 훈련병들 단속하고."

"네, 알겠습니다. 충성!"

박 조교가 나가고 곧바로 C.P병이 들어왔다. 그를 보고 신병교육대 대대장이 바로 말했다.

"커피? 아니면 녹차?"

"녹차…… 하겠습니다."

"녹차 세 잔!"

"네, 알겠습니다."

C.P병이 나가고 대대장이 미소를 지으며 말했다.

"얼떨떨하죠?"

"아직은 잘 모르겠습니다."

"그래요. 그럴 거예요."

이런저런 얘기를 주고받던 와중에 C.P병이 차를 가지고 왔다.

"차 마셔요."

"네."

구현진이 뜨거운 녹차를 후후 불어가며 한 모금 마셨다. 찻잔을 내려놓자, 신병교육대 대대장의 말이 이어졌다.

"훈련은 걱정 말아요. 메이저리그 최고의 비싼 몸인데 훈련 받다가 다치면 어떻게 합니까. 각별히 조심해 주세요. 훈련도 무조건 열외하세요. 그냥 몸 건강히 훈련 마치고 나가시면 됩니다."

신병교육대 대대장이 나긋나긋하게 말했다. 하지만 구현진은 고개를 가로저었다.

"아닙니다. 제대로 훈련받겠습니다."

"에이, 무슨 말씀을……. 훈련 중에 부상당하면 국민들의 원망을 어떻게 감당하라고요. 그냥 휴가 왔다고 생각하고 편안하게 있다가 퇴소하세요."

"그래도 좀……."

구현진이 난감한 표정을 지었다. 그러거나 말거나 신병교육대 대대장은 5중대장을 보았다.

"5중대장."

"네."

"내 말 무슨 뜻인지 알지?"

"네, 잘 알고 있습니다. 육군본부에서도 특별 관리 대상으로 삼으라는 지침이 이미 내려온 상태입니다."

"아! 그래요? 껄껄껄, 내가 하지 않아도 이미 육군본부에서까지 지침에 내려왔네요."

신병교육대 대대장은 흐뭇한 얼굴로 구현진을 바라보았다. 그 얼굴이 무척 부담스러웠다.

'굳이 이렇게까지 안 해도 되는데…….'

거절하고 싶은 마음이 목구멍까지 올라왔지만 간신히 삼켰다. 그러나 문제가 있었다. 자기야 그나마 편해진다지만 바로 같은 생활관, 아니, 같이 입대한 동기들이 뭐라고 하겠는가. 구현진이 조심스럽게 말했다.

"그래도 동기들과 함께 훈련을 받아야 하지 않겠습니까? 형평성 문제도 있고요."

신병교육대 대대장은 기다렸다는 듯이 말했다.

"아, 그 문제는 내가 이미 지시를 내려놓았습니다."

"네?"

구현진이 눈을 크게 떴다.

"그냥 다 같이 훈련 안 받으면 됩니다."

"그, 그래도 됩니까?"

"문제없습니다. 그렇지?"

신병교육대 대대장이 중대장을 바라보았다. 중대장이 고개를 끄덕였다.

"네, 문제없습니다. 그리고 훈련도 간단히 제식 훈련만 하고, 대부분 실내에서 TV 시청으로 교육을 진행할 예정입니다."

"후훗, 그렇다는군요."

"아, 알겠습니다."

"그리고 그 전에 사인 좀 부탁드려요. 아까도 말했지만 우리 딸내미가 워낙에 구현진 선수를 좋아해서요. 아, 구현진 선수 등판하면 밤이고 낮이고 아주 난리도 아닙니다."

"예, 사인이야 물론 해드려야죠."

그러나 구현진은 곧 그 말이 실수였음을 깨달았다.

'……하아.'

구현진은 약 100장 가까이 사인하고 생활관으로 복귀했다.

어느 부대건 꼴통 소대장이 한 명 있게 마련이다.

"충성!"

"그래."

모자에 다이아몬드 하나를 단 사람. 5중대 1소대 소대장이었다. 소위 이건영!

이곳 신병교육대에 발령받은 지 이제 3개월밖에 되지 않은 새내기 소대장이었다. 게다가 첫 발령.

새내기 소대장답게 의욕 충만하고, 무엇보다 자신이 군인이라는 것에 큰 자부심을 가지고 있었다. 융통성이라고는 없고, 뭐든지 FM을 원칙으로 하고 있었다. 그래서 일명 꼴통 소대장으로 불렸다.

그가 일이 있어 휴가 갔다가 마치고 복귀를 한 것이다.

"충성!"

조교들이 소대장에게 경례했다. 소대장 역시 거수경례로 인사를 받았다. 그의 당당한 걸음걸이에 의욕 충만함이 물씬 풍겼다.

"그래. 아, 김 병장. 말년이라고 그래? 경례가 왜 그 모양이야?"

"뭐가 말입니까?"

"손가락 봐! 누가 그렇게 구부려서 경례하래."

"아이, 왜 그러십니까? 저 이제 1달 후면 제대입니다."

"1달 후면 제대인 거 몰라서 이래? 너 아직 군인이야! 군인이라면 제대할 때까지 군인답게 해야지! 다시 해봐!"

그 순간 김 병장이 인상을 찡그렸다. 그러나 어쩔 수 없다는 듯, 다시 자세를 잡으며 거수경례를 했다.

"충성!"

"그래, 그렇게 해야지. 할 수 있으면서 왜 그래? 제대할 때까지 그 모습 유지하라고!"

"네, 알겠습니다."

김 병장이 인상을 쓰며 생활관으로 들어갔다. 그리고 고개를 돌려 멀어지는 소대장을 보며 한마디 했다.

"아 놔. 나보다 짬밥도 안 되는 소대장 새끼가 자꾸 지랄하네. 그냥 확 한번 해봐?"

"아, 왜 그러십니까? 그냥 참으십쇼."

생활관에서 오 병장이 슬렁슬렁 나왔다.

"1달 후면 나가실 양반이 마지막에 꼬장 부리려고 합니까? 그냥 몸 조심히, 떨어지는 낙엽도 조심하셔야 할 것 아닙니까."

"야, 오 병장! 넌 저 소대장이 나한테 하는 짓거리 몰라서 그래?"

"왜 모릅니까. 똥이 무서워서 피합니까? 더러워서 피하지. 그냥 모른 척하십시오."

오 병장이 슬리퍼를 질질 끌며 화장실로 향했다. 김 병장이 오 병장을 불렀다.

"그보다 넌 얼마 남았냐?"

그러자 오 병장이 손가락 두 개를 펼쳤다.

"자식, 나랑 한 달 차이면서……."

김 병장이 생활관으로 들어갔다.

한편 소대장은 신병들을 보기 위해 중대로 내려갔다. 훈련병이 있는 생활관은 그야말로 조용했다. 중앙에 근무하는 조교가 있었다.

"충성!"

"그래, 별일 없지?"

"네, 없습니다."

"그보다, 여기에 유명한 사람이 왔다던데? 들은 거 있나?"

"아, 메이저리그 투수 구현진 선수 말입니까?"

"어디야?"

"3생활관입니다."

"3생활관, 알았어."

"저기, 그런데 말입니다."

"왜?"

"구현진 선수는 특별 관리 대상으로 지정하라는 지시가 내려왔습니다."

"어디서?"

소대장의 물음에 근무자 손가락이 위로 향했다. 소대장은 급히 무슨 뜻인지 알고 고개를 끄덕였다.

"그래도 훈련병으로 들어왔으면 다 같은 훈련병이지, 특별 관리 대상은 무슨. 안 그래?"

"위에서 내려온 지시 상황입니다."

"에이, 그래도 이건 아니지."

소대장이 터벅터벅 3생활관으로 향했다. 그리고 문을 확 열었다. 3생활관은 순식간에 조용해졌다. 소대장이 눈을 부라리며 말했다.

"여기 구현진 훈련병 있나?"

"네, 64번 훈련병 구현진!"

구현진이 손을 들며 소리쳤다. 이건영 소대장이 손을 든 구현진 앞으로 다가갔다.

"네가 메이저리그에서 온 구현진이라고?"

"64번 훈련병 구현진! 예, 그렇습니다."

소대장이 구현진을 찬찬히 살펴보았다. 그러고는 대뜸 말했다.

"밖에서 아무리 잘나가는 야구 선수라고 해도 이곳은 군대다. 군인은 군인답게 행동합니다, 알겠습니까?"

"예, 알겠습니다."

"그리고 군대에서는 예외가 없다. 열심히 훈련받고, 무사히 퇴소할 수 있도록!"

"네, 알겠습니다."

"좋아!"

소대장은 흐뭇한 표정으로 생활관을 나갔다. 그때 중대장이 3생활관을 나서는 소대장을 발견했다.

"저 꼴통이 왜 저기에서…… 1소대장!"

"예!"

소대장이 급히 중대장 앞으로 뛰어갔다.

"충성!"

"그래, 방금 3생활관에서 나왔나?"

"네, 그렇습니다."

"그럼 구현진 선수도 봤겠네."

"네, 봤습니다. 하지만 걱정 마십시오, 중대장님! 뺀질대지 않고 기초 훈련 확실하게 받을 수 있도록 교육하겠습니다."

소대장은 잔뜩 의욕을 가지며 말했다. 그러자 중대장이 살짝 인상을 찌푸렸다.

"너, 무슨 얘기 못 들었냐?"

"무슨……"

소대장은 일단 모르쇠로 나갔다. 그러자 중대장이 소대장 가까이 다가가 나직이 속삭였다.

"너, 구현진 선수 군화 봤지?"

"네."

"그 군화에 먼지 한 톨이라도 묻는 순간 네 인생은 끝이야. 알아들어?"

"네? 잘 못 들었습니다."

소대장은 자신이 뭔가 잘못 들었는지 다시 한번 물었다.

"내 말 잘 들어. 구현진에게 신경 쓰란 말이야. 절대 무리한 훈련도 시키지 말고, 무조건 다 열외시켜. 아니지, 어차피 실내 교육으로 다 바뀌었으니. 아무튼 신경 써서 보살펴라고, 알겠나!"

"하지만 구현진 훈련병만 특별한 대우를 할 수는 없습니다. 모두 같은 훈련병이지 않습니까."

"특별 지시야. 다 같이 특별 대우해!"

"네?"

"다 같이 특별 대우하라고!"

"아니, 도대체 구현진 선수가 뭔데 그러십니까? 아니, 특별해도 그렇습니다. 어떻게……."

소대장은 어이없어하며 따졌다. 그러자 중대장이 눈을 부릅뜨고는 무릎을 깠다.

팍!

"윽!"

소대장이 왼발을 들고 풀쩍 뛰었다. 중대장이 그런 소대장을 보며 나직이 말했다.

"이 새끼가, 상관이 까라면 깔 것이지. 어디 소대장이 눈 부릅뜨고 따져! 상명하복 몰라?"

"아, 아닙니다!"

소대장은 아픔에 얼굴이 붉게 변하였다. 그 모습이 또 짠한지 중대장이 조용히 말했다.

"너 잘 생각해 봐. 만약에 여기서 5주 훈련받고 메이저리그에 갔어. 그런데 거기서 부진하네? 인터뷰에서 말하기를, 훈련소에서 빡세게 굴려서 그렇다고 해. 그럼 어떻게 될 것 같아?"

소대장의 표정이 굳어졌다. 매스컴에서 이곳 신병교육대를 어떻게 다룰지, 그 책임 소재를 도대체 어디까지 물을지 상상되었다. 그 얼굴을 보며 중대장이 다시 나직이 말했다.

"네가 책임질 수 있을 것 같아? 너부터 시작해서 위로 다 옷 벗는 거야. 참고로 이런 지시를 누가 내렸을 것 같냐?"

소대장이 눈치를 살피며 조용히 말했다.

"혹시, 대대장님?"

중대장이 고개를 가로저었다.

"그럼 그 위에……."

"아니."

"그럼?"

"네가 무엇을 생각하든 그 이상에서 내려왔다는 것만 알아둬!"

소대장이 깜짝 놀라며 대답했다.

"아, 알겠습니다."

그 시각, 생활관에서는 한 훈련병이 한숨을 푹 내쉬었다.

"하아, 미치겠네. 저 소대장, 완전 꼴통 소대장이라고 소문났다던데."

"진짜? 와, 우리 진짜 죽었네!"

"그게 문제가 아니라. 전에 훈련소에 허리가 좋지 않은 훈련병이 두 명 있었대. 그런데 저 꼴통 소대장 새끼가 막 굴리는 바람에 허리 디스크가 터져서 실려 나갔다는 거야."

"와! 미친다! 그거 사실이야?"

"야, 내 친구가 먼저 훈련소에 들어갔잖아. 편지로 말해주더라고!"

"와, 진짜면 우리 죽었다고 봐야 하네."

훈련소 동기들이 걱정하고 있는 사이 구현진 역시 낮게 한숨을 내쉬었다.

'뭐, 어떻게든 되겠지.'

저녁 식사시간이 되었다.

생활관별로 2열 종대로 서서 식당으로 향했다. 그런데 구현진이 너무 긴장한 나머지 발을 맞추지 못했다. 그 모습이 고스란히 조교의 눈에 들어왔다. 그러자 곧바로 불호령이 떨어졌다.

"64번 훈련병!"

"네, 64번 훈련병 구현진!"

"지금 뭐 하는 겁······."

딱!

갑자기 소대장이 조교의 뒷머리를 후려쳤다. 조교는 깜짝 놀라며 소대장을 보았다. 소대장이 무서운 눈으로 조교에게 말했다.

"왜 그러십니까?"

"앞으로 구현진이 가는 길이 정답이다! 알았나!"

"······예? 잘 못 들었습니다?"

조교는 황당한 표정을 지었다. 그러거나 말거나 소대장은 구현진에게 다가갔다.

"아무것도 아닙니다. 그냥 하던 대로 하세요."

소대장은 언제 그랬냐는 듯 아주 상냥하게 말했다. 오히려 당황한 쪽은 구현진이었다.

"아, 아닙니다."

구현진이 큰 소리로 대답을 했지만 소대장은 곧바로 나근나 근하게 대답했다.

"에이, 그렇게 소리 지르지 않아도 됩니다. 편히 계세요."

구현진은 약간 어리둥절했다. 그러나 그것은 시작에 불과했다. 식사 시간에도 구현진에 대한 배려 아닌 배려는 계속 이어 졌다.

"잘 먹겠습니다."

구현진이 식사를 시작했다. 그런데 자신도 모르게 혼잣말했다.

"와, 짬밥이 맛있네. 안 그래?"

구현진이 옆 동기에게 말을 걸었다. 동기 역시 고개를 끄덕이며 말했다.

"네, 형. 오늘 저녁은 제법 맛있네요."

그렇게 도란도란 얘기를 주고받았다. 그때 조교가 지나가다가 그 소리를 들었다.

"누가 식사 중에 떠듭니까?"

그러자 구현진이 황급히 자세를 잡으며 밥을 먹었다. 조교는 떠든 사람이 구현진이라는 것을 알고 그의 옆으로 다가갔다. 구현진은 잔뜩 긴장하며 곁눈질로 확인했다. 그런데 바로 옆에 조교가 와 있었다.

'한 소리 듣겠네.'

구현진이 그렇게 생각하고 있는데 조교가 고개를 숙이며 나직이 말했다.

"구현진 선수는 예외입니다. 얘기하셔도 됩니다."

구현진이 깜짝 놀라며 고개를 들었다. 조교가 빙긋 웃으며 그곳을 떠났다. 그리고 곧바로 우렁찬 목소리가 들려왔다.

"빨리빨리 자리에 앉습니다. 누가 잡담하라고 했습니까!"

그렇게 교관과 조교의 배려 속에 구현진은 5주 훈련을 아주 편안히 보낼 수 있었다. 특히, 구현진과 같은 생활관에 있었던 훈련병들 역시 같은 대우를 받았다.

"와, 이렇게 훈련받으면 몇 주라도 받겠다."

"나도 동감이야."

"그런데 이렇게 훈련받아도 되나? 우리 진짜 아무것도 안 배웠잖아."

"뭐, 어때. 어차피 우리도 5주 훈련받으면 끝인데."

구현진과 같은 생활관을 썼던 동기들이 5주 훈련을 무사히 마치고 퇴소하는 날, 생활관을 썼던 동기들이 저마다 관물대 곳곳에 구현진의 무용담에 관한 내용을 적었다.

-오오, 구느님 만세!

-역시 구느님은 우리의 구세주!

-구느님이 우리와 함께하사, 이렇게 훈련을 편히 받았다.

-5주 동안 우리는 지옥이 아니라, 천국을 맛봤다.

-우리가 보낸 5주가 군대라면 난 당장에라도 말뚝을 박을 것이다.

-난 영원한 구느님의 팬이 될 것이다. 형, 사랑해요!

구현진의 영웅담은 그곳 신병교육대에서의 전설이 되어 훈련병들의 입으로 계속해서 전해졌다.

'식사 시간, 어느 날 조그마한 식판이 흔들거리며 소리가 났다. 그 순간 난 살벌한 조교의 눈빛을 보았다. 그때 구느님께서 가볍게 탁자를 한번 내려쳤다. 그러자 소대장님이 냉큼 달려와 말하기를…… 괜찮아, 마음껏 떠들어!'

'구현진이 가는 길에는 교관이든 조교든 훈련병이든 그의 앞을 막지 못했다. 마치 바다가 갈라지듯 좌우로 퍼졌다. 그 속을 우리 구느님께서 차분하게 걸어가셨다.'

'구느님은 진정 신이었다!'

이런 영웅담이 구전동화처럼 교육대에 널리 퍼져 나갔다.

그런 줄도 모르고 구현진은 다시 메이저리그에 복귀했다.

그리고 2023년 그해. 구현진은 국방부에서 우려했던 것과 달리 아주 좋은 페이스로 호투를 이어나갔다. 구현진 명성에 걸맞은 투구였다.

6월 레인저스를 상대로 노히트 노런을 기록하며 괴물 같은 모습을 보였다.

게다가 250이닝 이상을 소화하며 26승 1패를 기록, 평균자 책점에서 커리어 하이인 1.28을 기록하며 트리플 크라운을 달성했다.

이어 패넌트레이스에서 로열즈를 상대로 완투승을 기록하기도 했다. 당연하게도 사이영 상은 만장일치로 구현진이 수상했다.

그러나 월드 시리즈 3연패를 노리던 에인절스는 노쇠화가 진행된 저스틴 벌랜더와 유현진의 부진과 함께 준우승에 그쳤다.

다행이라면 구현진이 또 한 번 아메리칸 리그 MVP를 수상했다는 점이었다. 그럼으로써 2년 연속 사이영 상과 MVP를 함께 수상하는 진기록을 세웠다.

4.

도쿄 공항에 KBO 관계자가 나와 있었다. 이도경은 입국 현황판을 보며 초조하게 기다리고 있었다.

"비행기는 벌써 도착했는데, 왜 이렇게 안 나오시지?"

이도경은 시계만 계속해서 쳐다보며 초조해했다. 문이 열릴 때마다 입국장에 시선이 갔다. 그러나 기다리는 사람은 좀처럼 나오지 않았다.

"큰일 났네. 시간 없는데……."

그렇게 약 30여 분이 흐르고 입국장 문이 열렸다. 그때 이도경의 눈이 반짝였다.

"나왔다! 여기요, 여기!"

이도경이 손을 들어 흔들었다. 입국장에 캐리어를 끌고 나타난 사람은 바로 구현진이었다. 짙은 선글라스를 낀 구현진은 이도경을 발견하곤 반갑게 인사했다.

"많이 기다렸죠."

구현진의 표정이 그다지 좋지 않았다. 이도경이 구현진의 캐리어를 잡으며 물었다.

"어떻게 된 거예요? 비행기는 한참 전에 도착했는데."

"그게 여러 가지 사정이 있었어요. 오늘따라 유난히 입국심사가 까다롭더라고요. 게다가 제 캐리어만 나오지 않고요."

"네? 그랬어요?"

"네, 정말요. 오늘 정말 이상해요. 늦진 않을까 걱정되네요. 시간은 어때요?"

"지금 출발하면 아슬아슬하게 도착할 것 같아요."

"그래요? 그럼 어서 가죠!"

"네."

이도경과 구현진은 곧바로 주차장으로 향했다. 차에 짐을 싣고 곧장 공항을 빠져나왔다. 복잡한 곳에서 나오자 운전대를 잡은 이도경이 말했다.

"많이 피곤하시죠."

"네, 행사 마치고 바로 날아왔거든요."

"경기장에 도착하실 때까지 좀 주무세요. 도착하면 깨워드리겠습니다."

"그래도 될까요?"

"그럼요."

"네, 그럼 부탁드립니다."

"편히 쉬세요."

구현진은 의자를 뒤로 젖혀 눈을 감았다. 그러곤 얼마 가지 않아 깊은 잠에 빠져들었다.

구현진은 한참을 잔 것 같은 기분이 들었다. 그런데 차가 움직이는 느낌이 없자 슬그머니 눈을 떴다. 차는 움직일 생각을 하고 있지 않았다.

운전대를 잡은 이도경은 땀을 삐질삐질 흘리며 몹시 당황한 얼굴을 하고 있었다. 그리고 계속해서 전방과 시계를 보며 초조해했다.

"큰일 났네……."

"아직 도착하려면 멀었어요?"

구현진이 의자를 일으켜 세웠다. 그러자 이도경이 깜짝 놀라며 말했다.

"어? 깨셨어요?"

"네, 그런데……."

구현진이 주위를 둘러보았다. 왕복 3차선 도로가 꽉 막혀 있었다.

"여기가 어디예요?"

"이제 공항을 빠져나왔어요. 그런데 도시 고속도로가 이렇게 막혔네요. 벌써 30분째 이러고 있어요."

"30분째요?"

"도통 움직일 생각이 없네요. 큰일이네요. 진짜."

이도경은 시계를 보며 초조해했다. 구현진 역시 시계를 확인했다. 오후 4시가 조금 넘은 시간이었다.

"경기가 몇 시라고 했죠?"

"6시부터요."

"2시간 정도 남았네……."

구현진 역시 초조해졌다. 차창을 열어 고개를 내밀었다. 앞 상황이 어떤지 궁금했다.

그때 이도경이 차의 라디오를 틀었다. 잠시 후 뉴스를 확인하던 이도경이 난감한 표정을 지었다.

"구현진 선수."

"네!"

"요 앞에 교통사고가 나서 차가 움직이질 못한다네요. 큰 트레일러가 넘어져서 모든 차량이 꿈쩍도 못 한다고 해요."

"예? 진짜요?"

"네…… 어떡하지?"

이도경이 잠시 생각을 하더니 스마트 폰을 꺼내 어딘가로 전화를 걸었다.

"네, 사무장님. 지금 차가 꿈쩍을 하지 못해요. 네, 앞에 교통사고가 났다는데요. 어떡하죠?"

구현진이 초조한 얼굴로 꽉 막힌 차량을 보았다. 그때 주머니 속에 있던 구현진의 스마트 폰이 지잉 하고 울렸다. 발신자를 보니 아카네였다.

"여보세요?"

-여보, 저예요. 잘 도착했어요?

"잘 도착했어. 당신은?"

-저도 한국에 잘 왔어요.

"민호는?"

-민호도 잘 있어요. 당신은 어디예요? 경기장이에요?

"아니, 지금 고속도로야."

-고속도로요? 아니, 왜요? 한참 전에 도착했을 텐데.

"그럴 사정이 있었어. 지금은 교통사고가 나서 차가 꿈쩍도 하지 못하네."

-그래요? 큰일이네요. 다른 교통수단은 없어요?

"지금 현재로서는 없네."

-알겠어요. 여보, 조심해요.

"응, 알았어."

구현진이 전화를 끊고 이도경을 보았다.

"협회 쪽에서는 뭐라고 해요."

"네, 지금 상황에서 협회 쪽에서도 뾰족한 방법이 없다고 하네요."

"그래요?"

구현진을 밖을 보며 잠시 생각에 잠겼다. 그러기를 잠깐 고개를 돌린 구현진이 이도경에게 물었다.

"혹시 이 근처에 헬기가 내릴 만한 곳이 있을까요?"

"헬기요? 네, 근처에 있을 거예요."

"아, 그래요? 그럼 그쪽 위치 좀 알아봐 줘요."

"알겠어요."

구현진은 스마트 폰을 꺼내 전화번호를 검색한 후 바로 전화를 걸었다.

"헤이, 레이놀!"

-구, 잘 도착했나?

"잘 도착했는데 지금 상황이 좀 좋지 않아요. 그래서 말인데 제가 알려준 좌표로 헬기 좀 보내줄 수 있을까요?"

-헬기? 아, 알았네. 지금 당장 보내주지.

"고마워요."

-고맙긴, 그리고 꼭 우승하게!

"당연하죠. 그러려고 왔으니까."

-기대하겠네.

전화를 끊은 구현진이 이도경에게 말했다.

"아까 말한 장소까지는 얼마나 걸리죠?"

"차가 안 밀리면 10분 만에 가죠. 문제는 지금 여기서 꿈쩍도 하지 못해서……."

"하아, 그렇군요."

구현진이 초조한 듯 계속해서 밖을 응시했다. 그때 스마트폰이 울렸다. 피터 레이놀 단장에게서 온 문자였다.

[10분 후 그 장소에 헬기 도착할 예정.]

"헬기가 도착한다고 하네요."

"그래요? 그런데 차가 움직이질 못하니……."

이도경은 미칠 지경이었다. 도대체 하필 오늘 교통사고가 났을까? 왜 하필 오늘 입국심사를 길게 했을까? 마치 일본이 농간이라도 부리는 듯했다.

"하아, 이건 마치 일본이 구현진 선수가 결승전에 던지지 못하게 하려고 심술을 부리는 것 같네요."

"하핫, 그런 걸까요?"

구현진이 역시 농담으로 받아쳤지만, 얼굴은 매우 심각했다. 구현진이 다시 시계를 보았다. 시계는 속절없이 계속 흘러갔다. 그때였다.

똑똑똑!

"응?"

구현진이 차창 쪽으로 고개를 돌렸다. 그곳에 진짜 폭주족처럼 어마어마한 오토바이 행렬이 꽉 막힌 도로를 헤치며 달려왔다. 그리고 구현진이 탄 차량에 이르러 문을 두드린 것이다.

"네?"

"구현진 선수입니까?"

"네, 그런데요?"

구현진은 살짝 경계하며 말했다. 그도 그럴 것이 남자가 그 옛날 일본 만화에서 본 폭주족처럼 생겼기 때문이었다. 오토바이 역시 엄청 화려했다.

"저, 구현진 선수 팬입니다."

"아, 감사합니다. 그런데 왜?"

"내리세요. 제가 태워 드리겠습니다."

"네?"

구현진은 눈을 크게 떴다. 그러자 그 사내가 피식 웃으며 말했다.

"아카네 씨의 부탁으로 왔습니다."

"네? 제 아내가요?"

구현진이 깜짝 놀랐다. 아카네가 이런(?) 사람을 알고 있었다는 것에 상당히 놀라고 있었다.

"제 아내를 어떻게 알죠?"

"SNS 친구입니다. 지금 팔로우한 상태거든요."

그러면서 사내는 자신의 SNS를 보여주었다. 진짜 아카네와 팔로우한 상태였다.

"당신 부인이 도움을 요청했어요. 이렇게요."

아카네는 SNS를 통해 이렇게 말했다.

[도와주세요. 저희 남편이 오지도 가지도 못하는 상황에 있습니다. 도쿄 돔까지 가야 하는데 이대로라면 결승전에 공을 던지지 못합니다. 제발 도와주세요.]

이 글을 SNS에 올라간 후 수많은 댓글이 달렸다. 일본사람들도 댓글을 남겼다.

└풋, 잘됐다! 꼬시다!

└어디입니까? 제가 그 근처인데 제가 가겠습니다.

그중 한 개의 댓글에 눈이 갔다. 그 사람이 바로 구현진 앞에 서 있는 사람이었다.

"아, 그렇군요."

"네, 저는 나카무라입니다. 일단 제 뒤에 타세요. 지금 달리면 경기 10분 전에 도착할 수 있을 겁니다. 절 믿고 탈 수 있겠습니까?"

나카무라의 물음에 구현진은 곧바로 고개를 끄덕였다.

"물론입니다. 난 팬을 믿습니다."

"좋습니다, 타세요!"

나카무라가 오토바이 뒷좌석을 가리켰다.

"그럼 부탁드리겠습니다."

구현진이 차에서 내렸다. 그리고 이도경을 보며 말했다.

"도경 씨는 전화로 저쪽에 알려주세요. 최대한 빨리 도착하겠다고 말입니다."

"네, 알겠습니다."

"그럼 경기장에서 뵙겠습니다."

"조심하십시오."

이도경의 말에 구현진은 고개를 끄덕였다. 그리고 곧바로 오토바이 뒤에 올라탔다. 나카무라가 헬멧을 건네주었다.

"이대로 도쿄 돔까지 달리겠습니다."

"아뇨, 그러지 말고 지금 헬기가 도착해 있을 겁니다. 거기까지만 부탁드릴게요."

"헬기요? 어디죠?"

"근처 헬기 착륙장이요."

"아, 거기까지는 10분도 안 걸립니다."

"네, 부탁드립니다."

"꽉 잡으세요. 그럼 갑니다."

부웅, 부아아아앙!

오토바이는 엄청난 굉음과 함께 꽉 막힌 도로를 쏜살같이 달려 나갔다. 차 사이사이를 마치 곡예라도 하듯 빠져나간 오토바이는 10중 추돌 사고가 난 자리를 빠르게 지나쳤다. 그리고 헬기장으로 향했다.

'제발 제시간에 도착해야 하는데.'

구현진이 속으로 생각하는 사이 오토바이는 비포장도로를 달려 헬기가 있는 곳까지 무사히 도착했다. 그곳에는 구단에서 마련해 준 헬기가 이미 도착해 있었다.

"고마워요! 다음에 제가 꼭 보답하겠습니다."

"보답은 더욱더 멋진 공을 던져주는 거로 만족합니다."

"정말 고맙습니다."

"어서 가세요."

"네."

구현진은 인사를 하고 곧장 헬기에 올라탔다. 헬기는 곧장 날아올라 도쿄 돔으로 날아갔다.

한편, 그 시각 도쿄 돔에서는 2023년 프리미엄12 결승전이 열리고 있었다. 경기 시각은 6시였다. 오늘 양 국가의 선발 투수는 구현진과 오타니 쇼이였다.

원래 구현진은 이번 프리미어12에 참여하지 않으려고 했다. 이번 해에 너무 많은 이닝을 소화해 어깨와 팔꿈치에 과부하가 걸린 상태였다. 구단에서도 만류했다. 구현진 역시 이번에는 휴식을 취하고 싶었다.

그런데 결승전에 등판하기로 예정된 박세웅이 지난 경기에서 부상을 입은 것이다. 그래서 선동인 감독은 급히 구현진에게 도움을 요청했고, 구현진은 결승전 한 경기를 던지기 위해 급히 대표 팀에 합류하려고 했다.

그런데 여러 여건상 당일날밤에 표를 구할 수가 없었다. 그래서 지금 상황이 된 것이다.

"지금 몇 시지?"

"5시 20분입니다."

"연락은 해봤어?"

"지금 통화 중입니다."

선동인 감독은 초조한 얼굴로 시계와 선수 명단을 번갈아 보았다. 오늘 선발로 구현진의 이름을 올려놓았기 때문에 구현진이 반드시 와야 했다.

"빨리 와야 할 텐데……."

시간은 점점 빨리 흘러가는 것 같았다. 그때 협회 관계자가 들어왔다.

"구현진 선수, 지금 헬기 탔다고 합니다. 50분까지 인근 빌딩에 도착할 수 있어요."

"그럼 거기서 여기까지 10분이면 충분해?"

"네."

"알겠네. 제발 무사히 도착해 주면 좋겠는데."

선동인 감독은 혼잣말을 중얼거리며 시계로 시선을 돌렸다. 그 뒤에 수석 코치가 말했다.

"제시간에 올 겁니다."

"그래, 와야 해. 안 오면……."

선동인 감독은 생각하기도 싫었다.

그 시각, 구현진이 탄 헬기가 도쿄 상공에 진입했다.

구현진 역시 초조한 얼굴로 시계를 바라보았다. 그러기를 잠시, 헤드셋을 통해 곧 도착한다는 시그널을 받았다.

"네, 도쿄 돔까지는 얼마나 걸리죠?"

"10분이면 됩니다."

"네, 감사합니다."

잠시 후 헬기는 도쿄 돔 인근 빌딩 옥상에 착륙했다. 그곳에는 이미 협회 관계자가 나와 있었다.

"구현진 선수! 지금 1층에 차량을 준비시켜 놓았습니다."

"네, 알겠습니다."

구현진은 대답하고는 곧장 도쿄 돔을 향해 뛰어갔다. 엘리베이터를 타고 1층에 도착하고, 건물을 나선 후 도쿄 돔 위치를 확인했다. 그 옆에 협회 관계자가 다가왔다.

"지금 바로 차량에 오르시죠."

"아뇨, 전 뛰어가겠습니다."

"아니 왜?"

"도착하면 몸 풀 시간이 없을 것 같아서요."

구현진은 피식 웃으며 도쿄 돔을 향해 뛰기 시작했다. 도쿄 돔까지 뛰어가는 것으로 몸을 풀 생각이었다. 그 모습을 보며 협회 관계자가 피식 웃었다.

"역시 구현진 선수는……."

선동인 감독이 시계를 보았다.

시곗바늘이 17시 56분을 가리키고 있었다.

"아직이야? 소식 없어?"

"네, 아직……."

선동인 감독은 손에 땀이 났다. 매정하게도 시곗바늘은 자꾸만 흘러갔다. 그때였다.

"감독님! 도착했습니다!"

그 소리에 선동인 감독과 코치들이 동시에 고개를 돌렸다. 그리고 구현진이 숨을 거칠게 내쉬며 서 있었다.

5.

"후우……."

구현진은 한숨을 길게 내쉬며 선동인 감독에게 갔다.

"죄송합니다. 여러 가지 사정이 있어서……."

"그건 됐고, 몸은 어때?"

"오는 길에 확실하게 풀었습니다."

"좋아, 그럼 지금 바로 옷 갈아입고 나가!"

"네."

구현진이 피식 웃으며 그 자리에서 옷을 갈아입었다. 선동인 감독은 그 모습을 보며 고개를 돌렸다. 그리고 선동인 감독의 입가로 미소가 스르륵 번졌다.

-안녕하십니까, 스포츠 팬 여러분. 2023년 프리미어12 결승전을 이곳 도쿄 돔에서 현지 생중계해 드리겠습니다. 도움 말씀에 이충식 해설위원님께서 자리해 주셨습니다.

-네, 안녕하세요.

-오늘 흥미로운 대결이 벌어졌어요. 바로 메이저리그 양대 리그 최고의 투수 맞대결입니다.

-네, 아메리칸 리그에는 구현진! 내셔널 리그에는 오타니 쇼이가 있죠. 하지만 경력이나 개인 성적에서 구현진이 오타니 쇼이보다 한참 앞서 있습니다.

-여기서 가장 흥미로운 것이 구현진 선수입니다. 원래 프리미어12 엔트리에 포함이 되지 않았죠.

-네, 그렇습니다. 개인적인 사정이 있어서 이번 프리미어12에는 참가하지 않기로 했습니다.

-하지만 사정이 달라졌죠. 대한민국 오른손 에이스 안경잡이 박세웅 선수가 원래 결승전에 던지려고 했습니다만, 지난 경기에서 불의의 부상을 당하면서 부랴부랴 구현진 선수를 엔트리에 포함시켰죠.

-네, 하지만 오늘 구현진 선수가 보이질 않네요. 연습할 때도 안 보이던데요.

-그게 조금 전에 들어온 소식인데요. 구현진 선수가 아직 경기장에 도착하지 못했다고 합니다.

-아니, 왜요?

-글쎄요, 정확한 이유는 좀 더 확인해 봐야겠지만 공항에서 오는 길이 막혔다는 얘기가 있더라고요.

-아, 그래요? 그럼 오늘 경기에 못 나올 수도 있겠군요.

-그럴지도 모릅니다.

-아, 안타깝습니다. 오타니 쇼이와 구현진의 대결을 기대했었는데 말이죠.

-맞습니다. 저도 그래요.

중계진이 안타까워하고 있을 때 일본 더그아웃이 웅성거렸다.

"야, 구현진 못 온대."

"진짜? 왜? 무슨 일 있대?"

"부상이라도 당했나?"

일본 대표 팀 감독 역시 심각한 표정으로 대한민국 더그아웃 바라보고 있었다. 그때 수석 코치가 다가왔다.

"구현진 선수가 아직 도착하지 않았다고 합니다."

"그래? 그럼 오늘 선발로 못 나올 수도 있겠군."

"그럴 것 같습니다."

"그래도 대한민국 더그아웃을 계속 주시해."

"네, 감독님."

그렇게 시간은 흘러 경기 시작 시각이 다 되었다. 양국의 국가가 울렸고 선수들이 하나둘 그라운드에 모습을 드러냈다. 그때까지 구현진의 모습은 그 어디에서도 찾을 수 없었다.

일본 대표 팀의 표정이 하나둘 밝아졌다. 특히 타자들의 표정은 더욱 그러했다.

"구현진 봤어?"

"아니, 너는?"

"나도 못 봤어!"

"그럼 오늘 못 나오겠네."

"아마도 그렇지 않을까?"

"와, 나 진짜 결승전 선발로 구현진이라고 했을 때 끝난 줄 알았잖아."

"나도, 몇 번이나 당했잖아."

일본 대표 팀 타자들은 너, 나 할 것 없이 가슴을 쓸어내렸다. 그리고 곧바로 경기 시작을 알리는 심판의 목소리가 들려왔다.

1회 초, 대한민국의 공격으로 시작되었다. 오타니 쇼이가 마운드에 올라 대한민국 더그아웃을 응시했다. 그때까지 구현진의 모습은 그 어디에서도 보이지 않았다.

고개를 돌려 전광판을 보았다. 전광판 P에 구현진이라고 적혀 있었다. 바뀌지 않았다.

"뭐지? 어떻게 된 거야? 오더가 그대로 살아 있는데?"

오타니 쇼이가 고개를 갸웃했다. 이윽고 마음을 다잡은 오타니 쇼이는 대한민국의 첫 타자를 4구 만에 유격수 땅볼로 잡아냈다.

그 뒤로 삼진과 투수 앞 땅볼로 가볍게 1회 초를 막아냈다. 깔끔하게 삼자범퇴 이닝을 만든 오타니 쇼이가 가벼운 걸음으로 더그아웃으로 향했다.

벤치에 앉아 글러브를 옆에 내려놓고, 수건으로 땀을 닦았다. 그때였다.

"어!"

"뭐, 뭐야! 저 녀석 구현진 아냐?"

"엥? 진짜네? 구현진이잖아."

"야, 어떻게 된 거야? 구현진이 왜 나와? 못 나온다며!"

"내가 언제 그랬어!"

일본 팀 타자들이 난리가 나자, 오타니 쇼이 역시 땀을 훔치던 수건을 내려놓고 확인했다.

대한민국 더그아웃에서 구현진이 글러브를 들고 마운드로 향하고 있었다.

"진짜네? 진짜 녀석이 나타났어."

오타니 쇼이의 입꼬리가 슬며시 올라갔다.

"기다리고 있었다, 구현진."

메이저리그에서는 특별히 상대할 기회가 없었다. 리그가 다르기 때문이었다. 인터 리그 때 만날 수 있지만 기회가 쉽게 찾아오지 않았다.

하지만 국가 대항전은 달랐다. 이런 높은 곳이라면 반드시 만날 수 있을 거라 확신했다.

"못 온다고 했을 때 솔직히 조금 서운했는데……. 와줘서 고맙다. 하지만 오늘만큼은 절대 양보 못 하지."

오타니 쇼이의 눈에서 레이저 광선이 쏟아져 나올 것만 같았다.

구현진은 연습구를 던지고 마운드를 정비했다. 그사이 장만호가 마운드를 방문했다.

"야, 어떻게 된 거야?"

"말하자면 길어. 그보다 사인은 예전 그대로지?"

"그래! 커터는 던질 거지?"

"당연하지."

"알았어. 어쨌든 일본 박살 내버리자!"

"오케이!"

장만호가 피식 웃으며 마운드를 내려가 자기 자리로 갔다. 포수 마스크를 쓴 후 일본 대표 팀 첫 타자를 상대했다.

구현진이 천천히 자세를 잡으며 발판을 밟았다. 글러브 안에서 손가락을 꼼지락거렸다. 이를 지켜보는 일본 팀 타자들은 잔뜩 긴장했다. 구현진이 피식 웃으며 말했다.

"그럼 어디 시작해 볼까?"

구현진의 손끝에서 공이 빠져나가며 포수 미트에 꽂혔다.

퍼엉!

"스트라이크!"

단 1구를 봤을 뿐인데, 일본 타자들의 표정이 굳어졌다. 그리고 전광판에 구속이 나타났다.

[160㎞/h]

"오오오오!"

일본 관중들이 탄성을 내질렀다. 초구부터 160㎞/h가 박히자 1번 타자는 질린다는 표정을 지었다.

그 후 구현진의 투구에 일본 타자들의 방망이가 연신 헛돌았다.

이도경은 교통사고가 수습되고, 길이 열리자 곧장 경기장으로 향했다. 차를 주차장에 세우고 허겁지겁 내린 뒤 시간을 확인하니, 오후 8시를 조금 넘긴 시간이었다.

"2시간이나 흘렀네. 그래도 아직 끝나진 않았을 거야."

이도경은 서둘러 경기장으로 향했다. 그런데 일본 관중의 응원가로 가득해야 할 운동장이 너무도 조용했다.

"이상하네, 너무 조용한데."

이도경이 점점 경기장 내부가 보이는 곳으로 걸어갔다.

그때였다.

퍼어엉!

"와아아아아아!"

관중들의 뜨거운 환호성이 울려 퍼졌다. 이도경은 조용하다가 갑자기 터져 나오는 환호성에 귀가 먹먹했다.

"뭐야? 뭐지? 일본이 이긴 거야? 우리나라가 진 거야?"

일본 관중들의 뜨거운 환호에 이도경은 대한민국이 지고 있는 줄 알았다.

"늦었구나! 늦은 거였어!"

이도경이 경기장 내부에 들어서자 구현진이 마운드에 서 있었다.

"어? 늦지 않았네."

이도경은 자연스럽게 전광판으로 향했다. 9회 말 일본 대표 팀이 공격을 하고 있었다. 그때까지 구현진은 마운드에 서 있었다.

"그런데 왜 일본 관중들이 환호성을 내지르지?"

이도경은 그것이 이상했다. 그리고 전광판을 확인한 그때 이도경은 깜짝 놀랐다. 대한민국이 7회 초에 2점을 낸 것이었다.

하지만 그것보다 더 놀라운 것이 있었다. 안타와, 점수, 에러, 볼넷까지 모두 0으로 표시되어 있었던 것이다.

"헉! 그럼 지금까지 퍼펙트란 말이야? 이게 말이 돼?"

그랬다. 구현진은 프리미어12 결승전, 일본 대표 팀을 상대로 9이닝까지 퍼펙트 경기를 펼치고 있었던 것이다. 그리고 방금 전 구현진이 14번째 탈삼진을 잡아냈기에 관중들이 환호성을 내지른 것이었다.

퍼엉!

"스트라이크!"

또 하나의 공이 스트라이크가 되었다. 일본 관중들은 공을 던지는 구현진에게 환호성과 박수를 보내주고 있었다. 이처럼 고급스러운 투구 내용에 일본 관중들마저 구현진을 응원하게 된 것이었다.

"세, 세상에 일본 관중을 자기편으로 만든 거야?"

이도경은 구현진의 힘에 또 한 번 경외의 눈빛을 보여주었다. 타국에서, 그것도 자국 팀과의 경기에서 타국 관중들까지 자기편으로 만든다. 이는 있을 수 없는 일이었다.

9회 투아웃에서 마지막 타자를 5구 만에 삼진으로 돌려세우자 도쿄 돔에서는 그야말로 떠나갈 듯 함성이 흘러나왔다.

"우오오오오오오!"

"구현진! 구현진! 구현진! 구현진!"

모두 구현진을 연호했다. 구현진은 마운드 위에서 장만호와 얼싸안으며 좋아했다.

구현진은 2023년 프리미어12 결승전에서 엄청난 대기록을 세웠다. 9이닝 퍼펙트 기록, 삼진은 무려 15개를 잡아냈다. 단 한 명의 타자도 내보내지 않은 깔끔한 투구였다. 당연히 MVP도 구현진의 차지였다.

대한민국은 이로써 프리미어12 초대 우승국에서 2대, 3대까지 우승하며, 3연속으로 우승한 유일한 나라가 되었다.

-대단합니다, 구현진 선수. 전대미문, 불멸의 기록을 세웠습니다. 9이닝 퍼펙트! 국가 대항전에서 퍼펙트 기록이 나온 것은 최초입니다.

-네, 정말 뭐라고 말할 수가 없네요.

중계진도 고개를 절레절레 흔들며 구현진에 대해서 감히 형용하지 못했다.

일본인들도 구현진의 투구에 매료되어 6회부터는 아예 구현진을 응원했다.

구현진이 시상식에 오르며 MVP 수상 소감을 말했다.

"우승 축하드립니다. 간단히 우승 소감 말씀해 주시겠습니까?"

"팀이 하나가 되어, 이길 수 있었던 것 같습니다. 모두 우승하겠다는 마음이 강했습니다."

"구현진 선수는 결승전 단 한 경기만 던졌는데 원래 힘을 비축하기 위해서였던 겁니까?"

"아뇨, 그건 아니었습니다. 개인적인 사정으로 원래 참가를 못 했습니다. 다행히 국가에서 다시 불러주었고, 전 망설임 없이 참가할 수 있었습니다."

"오늘 퍼펙트 경기를 펼쳤어요. 어떻게 생각하십니까?"

"하핫! 지금도 얼떨떨합니다. 그저 포수 장만호 선수가 시키는 대로 던졌을 뿐입니다. 아무래도 집중해서 던졌던 것이 좋았던 것 같습니다. 무엇보다 리드가 정말 좋았습니다."

"네, 감사합니다."

"네."

구현진이 인사를 하고 더그아웃으로 들어갔다. 그사이 장만호부터 시작해 대한민국 선수들이 일제히 구현진에게 다가왔다.

"야! 괴물! 너 진짜 언제까지 성장할 거냐?"

"미친놈! 내가 사고 칠 줄은 알았지만 이렇게 크게 칠 줄은 몰랐다."

"난 7회부터 정말 내 앞으로 공 오지 말라고, 빌고, 또 빌었다. 실수하면 그 원망을 누구에게 다 들어?"

"맞아! 나도 동감! 아주 심장이 쫄깃했지!"

"하핫, 선배님들 감사합니다. 어쨌든 제가 퍼펙트 경기를 할 수 있었던 것은 뒤에서 든든히 받쳐준 선배님들 덕분입니다."

"오? 자식, 알고는 있구나?"

"그럼요!"

"그런 의미에서 오늘 회식은 네가 쏘는 거다?"

"아, 제가요?"

"왜 인마? 메이저리그에서 돈 어마어마하게 버는 놈이!"

"그, 그렇죠? 까짓것 네, 알겠습니다. 오늘 제기 소고기 쏩니다!"

"그래, 자식! 통이 크다니까."

그렇게 웃으며 하나둘 더그아웃을 벗어났다.

운동장 밖을 나서자 어마어마한 수의 팬들이 구현진을 맞이했다. 그리고 그곳에서 어떤 팬이 든 문구가 구현진의 눈길을 사로잡았다.

그가 바로 구현진이다.

그가 바로 에이스 구현진이다.

그가 바로 전대미문의 기록을 세운 구현진이다.

그래서 난 그런 구현진을 영원히 기억할 것이다.

구현진은 그야말로 그 어떤 수식어를 가져다 붙여도 허용되는 명실상부 현존 최강의 투수였다.

구현진은 그 문구를 계속해서 바라보았다. 아마도 이런 영광을 얻기 위해서 다시 태어났던 것 같았다.

처음에는 비록 아무것도 없는 그저 그런 투수였지만……
두 번째 기회를 준 신께 감사했다.

"정말 감사합니다."

48장
피날레

I.

　단장실에는 무거운 분위기가 흘렀다. 피터 레이놀 단장은 잔뜩 인상을 쓰며 사무실 의자에 앉아 한숨을 길게 내쉬었다.

　"후-우, 정말 결정을 내렸나?"

　"네, 은퇴하겠습니다. 저도 이제 나이가 40입니다. 긴 리그를 소화하기에는 체력적으로 많이 부담되는 것 역시 사실입니다. 원래는 작년에 은퇴할 생각이었는데, 뭔 미련이 남아서인지 1년만 더 던져보려고 생각했어요. 그런데 솔직히 힘에 부치네요."

　"하지만 아직도 자넨 97마일의 공을 던지지 않나!"

　"그래 봐야 고작 한두 이닝. 아니면 30개 정도예요. 게다가

30개 정도 던지고 나면 3일은 쉬어야 하고요. 피로 풀리는 것이 예전 같지 않아요. 무엇보다 이제 후배들에게 자리를 양보해야죠. 괜히 로스터에 한 자리만 잡아먹고 있잖아요."

구현진 역시 물러서지 않았다. 하지만 피터 레이놀 단장은 너무나도 아쉬웠다. 아직 불펜으로 활용하기에는 충분했다. 구현진의 구위는 여전히 살아 있었다.

"그래도 자네가 더그아웃에 있는 것만으로도 선수들에게는 큰 힘이 된다는 것을 왜 모르는가. 특히 어린 투수들에게는 엄청난 힘이 되어주고 있어."

"노인네라고 안 해줘서 다행이네요. 어쨌든 저도 이제 나가야죠. 이만큼 했으면 됐어요."

"다시 한번 생각해 주지 않겠나?"

"단장님, 이제 가족과 많은 시간을 보내고 싶습니다. 지난 20년간 선수 생활을 하면서 너무 떨어져 지냈어요. 이제부터라도 그동안 못 해줬던 걸 해주고 싶네요."

가족이라는 말에 피터 레이놀 역시 더 이상 말을 꺼내지 못했다. 잠시 생각하던 피터 레이놀이 이내 고개를 끄덕였다.

"아무튼 옛날이나 지금이나 자네 고집은……."

"후후, 뭐 그게 어디 가겠어요?"

"알았네. 그리하도록 하겠네."

"고맙습니다, 단장님."

구현진이 자리에서 일어나 인사를 하고 단장실을 빠져나갔다. 피터 레이놀 단장은 잠시 생각에 잠겼다. 그러다가 스피커를 눌렀다.

삐익!

-네, 단장님!

"보좌관을 불러주시겠어요?"

-알겠습니다.

비서의 말이 끝나고 10분 후 레이 심슨이 단장실에 모습을 드러냈다.

"부르셨습니까, 단장님."

"왔는가."

레이 심슨이 피터 레이놀 단장의 얼굴을 살폈다.

"무슨 일 있는 겁니까? 얼굴이 좋지 않아요."

"구가 찾아왔었네."

"구가요? 무슨 일로요?"

"은퇴하겠다는군."

피터 레이놀 단장의 말에 레이 심슨 역시 표정이 굳어졌다.

"그랬군요. 벌써 그럴 시기가 되었네요."

레이 심슨도 조금 놀란 눈치였다.

"나이도 있으니 당연한 일이죠. 하지만 내년쯤이라 생각했는데……."

"나도 그리 생각했는데……."

두 사람 다 심란한 탓인지 한동안 말이 없었다. 그러다가 피터 레이놀 단장이 입을 열었다.

"전에 우리가 기획했던 거 있지?"

"아, 네에. 은퇴 투어 말씀이시죠?"

"그래! 그걸 빨리 준비하자고! 그래도 에인절스 최고의 레전드인데 최소한 은퇴 투어 정도는 해줘야지!"

"과연 구가 하려고 할까요?"

"하게 만들어야지!"

"후후, 그거야 단장님께서 하실 일이고. 그럼 전 곧바로 준비하겠습니다."

"그래."

레이 심슨이 나가고, 피터 레이놀 단장의 표정이 비장했다.

"은퇴 투어만큼은 절대 양보 못 하네."

은퇴 투어.

[메이저리그에서 은퇴를 앞둔 선수가 자신의 마지막 시즌에 다른 팀의 각 구장을 일정을 두고 차례대로 방문한다. 그곳에서 마지막 경기를 앞두고 식전 기념식과 선물 전달을 받는 행사를 진행한다.]

하지만 은퇴 투어는 아무나 할 수 있는 것이 아니었다. 자기 팀도 아닌 선수에게 은퇴 행사를 열어주고 선물을 준다는 것 자체가 웃긴 일이었다.

그러나 구현진은 평범한 선수가 아니었다. 이런 행사를 할 만큼 그가 레전드급 선수이며, 소속 팀뿐만 아니라, 전 메이저리그 관계자와 팬들의 존경을 한 몸에 받는 선수라 가능한 일이었다.

그러하기에 피터 레이놀 단장은 이런 기획을 준비했던 것이다. 물론 다른 구단의 협조가 우선되어야겠지만 이미 얘기를 다 끝낸 상태였다.

구현진이 단장실을 다녀온 다음 날 지역 언론 신문사에는 구현진의 은퇴 소식이 전해졌다.

[에인절스의 영원한 레전드! 구현진 은퇴!]

이것을 본 대부분의 팬은 모두 고개를 끄덕이며 수긍하는 분위기였다. 그리고 그가 에인절스에 있으면서 이뤘던 기록들을 다시 한번 되새기며 뜨거웠던 영광을 함께했다.

└됐어! 그래, 이제 은퇴할 때도 되었지.

└맞아, 그동안 에인절스를 위해서 너무 많은 활약을 해주었어. 언제까지나 기억하겠다.

└에인절스의, 에인절스에 의한, 에인절스를 위해 살았던 구현진! 난 영원히 당신을 기억할 것입니다.

└내 나이 5살 때 당신을 처음 보았습니다. 그때의 투구 모습을 아직도 생생히 기억합니다. 그 이후 난 당신의 팬이 되었습니다. 지금도 그렇고 앞으로도 영원히 당신의 팬으로 남겠습니다.

└아! 드디어 은퇴구나. 많이 아쉽다.

└그동안 수고 많았어요. 에인절스를 위한 당신의 노고는 절대 잊지 못할 것입니다.

팬들의 따뜻한 응원은 구현진에게 항상 힘이 되어주었다. 그리고 구현진의 은퇴 투어 일정이 곧바로 잡히기 시작했다.

구현진은 정중히 거절했지만 피터 레이놀 단장의 억지로 어쩔 수 없이 따르기로 했다.

"이런 건 부담된다고요."

"됐어. 이것만은 양보 못 해! 내가 이걸 준비하려고 얼마나 신경을 썼는데."

"그래도 이건 아니네요. 무슨 은퇴 투어예요. 타 구장 팬들이 싫어해요."

"그게 무슨 말인가! 엄청 환영하는 분위기라네! 벌써부터 너의 선물로 무엇을 줄까 고민하고 있던걸!"

피터 레이놀 단장은 당당한 표정을 말했다. 구현진은 고개를 절레절레 흔들었다.

"에이, 무슨 그런 농담을 하고 그래요. 나로 따지면 타 구단에게는 악마 같은 존재였을 텐데요."

"또 그만큼 인상적인 투구를 펼쳤지. 안 그래? 어쨌든 선수들 역시 자넬 무척이나 존경하고 있으니, 부담 갖지 말고 하자고."

"후우…… 거참."

"아무튼 난 자네의 은퇴 투어 이벤트로 바쁘니까. 그리 알고 있으라고!"

피터 레이놀 단장은 급히 그 자리를 떠났다. 구현진은 졸지에 부담되는 은퇴 투어를 하게 되었다.

첫 은퇴 투어 장소는 바로 레드삭스의 홈 구장이었다. 같은 서부 지역에 있는 레드삭스는 에인절스의 라이벌로, 지난 20년간 구현진에게 항상 괴롭힘을 당해왔다.

미국 전역에서도 구현진이 과연 레드삭스에게 어떤 선물을 받을지 화제가 되고 있었다.

레드삭스에는 타격이 뛰어난 타자가 많았다. 전형적인 공격형 구단이었다.

구현진과도 정면 승부를 숱하게 펼쳤는데, 그럴 때마다 구현진의 구위에 눌려 수많은 방망이가 부러지고 말았다. 특히 레드삭스는 한 게임에서 방망이가 20개 부서진 것으로 기록까지 가지고 있었다.

구현진은 레드삭스와 경기 전 이벤트를 가졌다.

"구현진 선수입니다."

구현진은 자신의 이름이 호명되자 쑥스러운 듯 미소를 지으며 마운드로 향했다. 그 순간 레드삭스 구장에 있던 팬들이 기립박수를 보내주었다. 구현진 역시 모자를 벗으며 그들의 인사에 화답했다.

사회자의 소개를 시작으로 식이 진행되었다. 그리고 레드삭스 구단에서 마련해 준 선물이 공개되었다. 엄청난 크기의 방망이였다. 그 방망이에는 구현진의 백넘버와 문구가 적혀 있었다.

[절대 부러지지 않는 방망이!]

그 문구를 본 구현진이 크게 웃음을 터뜨렸다. 그 밑에는 레드삭스의 선수들이 구현진에게 전하는 말이 적혀 있었다. 대부분 존경과 경의를 표하는 내용이었다. 그만큼 레드삭스 타자들에게는 구현진의 커터가 무서웠던 것이다.

예전 커터로 유명했던 선수가 바로 마리노 리베아나였다. 그 역시 은퇴 투어를 했고, 트윈스에서 부러진 방망이로 만든 흔들의자를 선물 받았었다. 그 선물을 받은 마리노 리베아나는 '가장 기억에 남았던 선물이었다'라고 말했다.

구현진 역시 엄청난 굵기를 자랑하는 방망이 선물을 받고 함박웃음을 지었다.

그리고 그날 중간에 나서 여전히 뛰어난 구위로 1이닝을 무실점 투구로 장식했다. 물론 방망이 하나를 부러뜨리는 것까지 잊지 않았다.

그 뒤로도 구현진은 각 구장을 돌며 의미 있는 선물들을 받았다. 선수들 역시 존경의 뜻을 내비쳤으며 여러 가지로 팬들의 뜨거운 사랑 역시 받았다.

"감사합니다, 정말 감사합니다."

구현진은 고맙다는 말을 달고 살았다.

마지막 은퇴 투어는 에인절스의 영원한 라이벌 구단인 레인저스였다. 지금은 은퇴했지만, 레인저스의 전설로 남은 한국인 타자 추신우도 구현진의 은퇴식에 참석했다.

"그동안 고생했다."

"와주셔서 감사합니다, 선배님."

구현진은 추신우에게 허리 숙여 인사했다. 추신우 역시 흐뭇한 얼굴로 후배의 은퇴를 축하해 주었다.

"내가 은퇴할 때보다 훨씬 성대한데? 과연 구현진이라는 건가."

추신우가 중얼거렸다. 그 옆에 있던 구현진이 난감한 표정을 지었다.

"좋게 봐준 모양입니다."

"당연하지. 그만큼 다른 구장의 팬들 역시 우리 후배님을 좋아한다는 거잖나. 도리어 기뻐할 일이지."

추신우가 씩 웃었다. 구현진도 기분 좋게 웃음을 지었다.

"진심으로 은퇴를 축하한다. 20시즌 동안 충분히 잘했고, 대한민국의 위상을 드높여 줘서 고맙다."

추신우는 환한 미소로 말했다.

레인저스에서 마련한 선물은 바로 구현진의 백넘버가 적힌 구장 의자였다. 그것도 1번 의자를 떼어내 구현진에게 선물한 것이다.

"앞으로 1번 의자는 영원히 구현진 선수의 것입니다. 우리 레인저스 구장에는 더 이상 1번 의자는 없습니다."

선물을 받은 구현진은 이루 말할 수 없는 감동을 느꼈다. 두 번째 선물은 바로 원정 팀 마운드에 있는 발판이었다. 이번에 새롭게 마운드 보수 공사를 하면서 빼놓았던 발판을 구현진에게 선물한 것이다.

아메리칸 서부 지구 라이벌답게 구현진은 이 투구판에 수없이 많이 발을 디뎠다. 그 의미로 구현진에게 선물한 것이었다. 발판을 받은 구현진은 눈물을 한가득 머금고 있었다.

"감사합니다."

그리고 기념비적인 이벤트도 있었다. 레인저스의 팬인 소녀가 그린 구현진의 초상화를 소녀에게서 직접 받은 것이다. 환하게 웃고 있는 구현진의 얼굴을 그대로 옮겨놓은 듯 정교한 솜씨로 그려진 초상화였다.

구현진은 그 소녀에게 야구공과 자신의 친필 사인이 들어간 글러브를 선물로 주었다. 물론 기념 촬영을 하는 것은 보너스였다.

그렇게 구현진은 원정 팀을 돌며 은퇴 투어를 마무리했다. 이번 은퇴 투어를 통해 구현진은 다시 한번 팬들의 뜨거운 사랑을 확인할 수 있었다.

그들에게 오랜 시간 기억될 거라는 생각에 구현진은 감격할 수밖에 없었다. 지난 20년 동안 겪었던 일들이 하나하나 떠오르며 구현진의 눈가가 촉촉해졌다.

똑똑똑!

"구현진 선수가 왔습니다."

"들어오라고 하게."

단장실 문이 열리며 구현진이 들어왔다. 피터 레이놀 단장이 구현진을 반갑게 맞이했다.

"어서 오게! 요즘 많이 바쁘지?"

"누구 때문에요. 그런데 무슨 일이십니까?"

"급할 거 없지 않나. 천천히 나누도록 하고, 그래. 요즘 어떤가?"

"정신이 없네요. 이렇게 좋아해 줄 거라곤 생각지 못했네요."

"내가 그랬잖나. 자넨 모든 팬에게 사랑받고 있다고. 무엇보다 괴물 투수가 사라지니 타 구단 팬들이 얼마나 좋아하겠나? 하하하하!"

"예?"

"하하하, 그들 입장에서는 그렇다는 말이지. 어쨌든 오랜만에 팬들의 관심을 받으니 좋지?"

"당연한 말이죠. 요즘은, 은퇴를 번복하면 어떨까 하는 생각도 드네요."

"정말? 정말인가?"

"농담입니다, 농담."

"하아…… 그런 농담 말게. 난 정말로 아직 자네가 뛰어주었으면 한단 말일세."

"됐어요. 전 지금도 충분히 만족해요. 이 이상을 원하면 체해요."

"후훗, 알겠네."

두 사람은 미소를 지으며 웃었다. 그러다가 구현진이 다시 물었다.

"……그런데 뭐예요? 용건이 뭡니까? 왜 불렀어요?"

"아! 이제 마지막 은퇴 투어를 하려고."

"또 남았어요?"

"그럼! 우리 구장에서 해야지!"

"아……."

"그래서 말인데. 이번 이벤트는 자네가 힘 좀 써줘야겠어."

"힘이요?"

"자네의 마지막 은퇴 경기에 선발로 나서줬으면 하네."

"예?"

피터 레이놀 단장의 발언에 구현진의 눈이 크게 떠졌다.

2.

픽!

구현진은 자신의 집에서 투구 연습에 집중하고 있었다.

좌라라락!

퍼엉!

공 하나하나를 신중하게 던졌다. 구현진의 이마에는 땀이 비 오듯 흘러내리고 있었다. 그럼에도 또다시 공을 던지기 위해 자세를 잡았다.

그사이 아카네가 시원한 레모네이드를 들고 밖으로 나왔다. 구현진이 투구하는 모습을 지켜보며 걱정스러운 표정으로 말했다.

"여보, 쉬엄쉬엄하세요."

펑!

투구를 마친 구현진은 아카네가 다가오자 그제야 글러브를 벗고 의자에 앉았다. 아카네가 옆에 앉으며 테이블에 레모네이드를 내려놓았다.

"이거 드세요."

"고마워, 아카네."

"내일이죠?"

"응."

"고생했어요."

"……그래."

그리고 두 사람은 한참 동안 말이 없었다. 그저 한 곳만 바

252 네 멋대로 던져라 8

라보고 있었다.

다음 날.

에인절스타디움에서 보내는 구현진의 마지막 경기가 열렸다. 구현진의 은퇴 경기라서 그런지 표는 일찌감치 매진되었다.

표를 구하지 못한 팬들은 아쉬움을 뒤로하고 인근 술집이나, 집으로 향했다. TV를 통해서라도 구현진의 마지막 은퇴경기를 지켜보기 위함이었다.

구현진은 로커 룸에서 글러브를 손질하고 있었다. 그의 곁으로 누구 하나 다가가지 않았다. 그저 혼자만의 정리할 시간을 주려는 의도였다.

경기 시작 시각이 다가오자 투수코치가 구현진에게 다가갔다.

"구, 시간 됐네."

"예, 준비 끝났습니다."

구현진이 글러브를 들고 일어났다. 더그아웃에 모습을 드러낸 구현진.

동료 선수들이 환한 표정으로 구현진을 맞이했다. 특히 최장수 감독으로 부임하고 있는 마이크 오노 감독은 구현진을 가볍게 끌어안았다.

"잘 부탁하네."

"오히려 제가 부탁하고 싶습니다."

"어쨌든 마음껏 마지막을 장식하고 오게."

"네!"

마운드로 향하는 구현진의 발걸음은 그 어느 때보다 가벼웠다. 구현진이 그라운드에 모습을 드러내자 에인절스타디움의 모든 팬이 자리에서 일어나 기립박수를 보내주었다.

"와아아아아!"

짝짝짝짝짝!

구현진은 비장한 얼굴로 마운드에 섰다. 그리고 잘 정돈된 마운드의 흙을 스파이크로 골랐다. 오늘이 지나면 다시는 서지 못할 마운드를 말이다.

구현진은 연습 투구를 하며 천천히 감각을 끌어올렸다. 연습 투구를 마무리 짓고 구현진은 마운드를 내려왔다. 후배 포수가 마운드를 방문했다.

"구, 잘 부탁드립니다."

"나도 잘 부탁해."

"예, 최선을 다하겠습니다."

포수는 인사를 하고 자신의 자리로 돌아갔다. 그사이 구현진은 로진백을 툭툭 건드린 후 마운드에 올라 발판을 밟았다.

타석에서는 상대 팀 타자가 나와 인사를 했다. 존경하는 선배에 대한 예우였다. 구현진이 살짝 인사를 받아준 뒤 초구 사인을 기다렸다.

-구현진의 은퇴 경기! 에인절스타디움 마운드에 오르는 마지막 선발 경기! 지금 구가 마운드에 섰습니다.

-구현진 선수는 정말 대단하죠. 지난해까지 선발 마운드를 굳건하게 지켰어요. 비록 승수는 많이 챙기지 못했지만 꾸준하게 던져주고 있어요.

-맞습니다. 올해 만으로 40세입니다. 적지 않은 나이임에도 꾸준히 구속과 구위를 유지해 주고 있어요.

-그런 구현진을 올해가 지나면 볼 수 없다는 것이 참 안타깝습니다.

-네, 그렇습니다. 자, 이제 1회 초 에인절스의 구현진이 마운드에 섭니다. 곧, 초구를 던질 준비를 합니다.

구현진이 천천히 다리를 끌어 올리며 포수 미트를 향해 힘껏 공을 던졌다.

파아앙!

우렁찬 미트 소리와 함께 전광판에는 98마일이 찍혔다.

"스트라이크!"

초구는 바깥쪽에 걸치는 스트라이크를 꽂았다. 그리고 98 마일이라는 구속을 보며 팬들이 탄성을 내질렀다.

"오오오오!"

그 뒤로 구현진은 투구 리듬이 흔들리는지 아니면 긴장이라도 한 탓인지 볼을 많이 던졌다.

펑!

"볼!"

-아, 볼입니다. 포볼로 원아웃 주자 1, 2루가 됩니다. 1회 초부터 구현진에게 선제공격의 찬스를 만들어내고 있는 로열즈입니다.

-구현진 선수가 초반부터 투구 리듬이 많이 흔들려요.

-아무리 그라도 마지막 경기인 만큼 긴장되는 걸까요?

-글쎄요. 좀 더 지켜봐야겠지만 아무래도 평소와는 다를 수밖에 없을 겁니다.

-네, 이제 로열즈의 4번 타자 차세대 거포. 올해 홈런 54개로 홈런왕을 예약한 데이비스가 들어섰습니다. 아무래도 이번 데이비스와의 대결이 사뭇 흥미롭습니다.

-네, 홈런 신예와 전설적인 투수의 맞대결이죠. 과연 누가 승리를 가져갈까요?

데이비스가 좌타석에 들어섰다. 원래 데이비스는 양손을 다 사용하는 클러치 히터였다. 그럼에도 불구하고 홈런 54개를 때려내는 괴력을 과시하고 있었다. 특히 좌타석에서의 홈런이 월등하게 많았다.

하지만 원래 좌투수에는 우타석에 드는 것이 맞았다. 그런데 데이비스가 좌타석에 들어섰다. 그것은 홈런을 때리겠다는 강력한 의지였다. 자신이 가진 최대의 공격력을 보여주는 것이 전설이 된 선배에 대한 예우라 생각했다.

구현진이 그런 데이비스의 마음을 아는지 피식 웃었다.

'전력으로 상대하겠단 말이지? 좋아. 그럼 나도 전력으로 던져주지!'

오랜만에 구현진의 승부심이 타올랐다.

한편 그 시각.

이미 은퇴한 혼조는 자신의 방에서 TV로 매제의 은퇴 경기를 지켜보고 있었다. 그때 초인종 소리가 들려왔다.

띵동!

"누구세요?"

"나다!"

문을 열자 호세가 환하게 웃고 있었다. 그의 손에는 캔 맥주가 들려 있었다.

"뭐냐?"

"혼자 청승맞게 TV나 보고 있을 것 같아서 말이야."

"후후, 어떻게 알았냐?"

"제수씨와 아이들은?"

"일본에 먼저 보냈지."

"잘됐다!"

"그래, 서 있지 말고 일단 들어와."

호세가 집 안으로 들어갔다. 거실로 가자, 이미 TV가 켜져 있었다.

"어떻게 됐어?"

"방금 시작했어."

"뭐야? 1아웃에 1, 2루야? 녀석답지 않게 왜 이래?"

"아직 몸이 덜 풀렸나 보지. 지켜보자고."

혼조와 호세가 소파에 앉았다. 호세가 맥주 캔 하나를 따서 혼조에게 주었다.

"그런데 넌 요새 뭐 하냐?"

혼조의 물음에 호세가 맥주 한 모금을 마신 후 말했다.

"고향에서 자그마한 가게 해."

"뭔 가게?"

"삼겹살집!"

"오오! 그거 대박인데?"

"크크크, 안 그래도 난리 났다."

"자식! 나중에 한 턱 쏴!"

"또? 왜 만날 내가 쏘는 건데?"

"원래부터 그랬잖아, 인마."

"코치 일은 할 만하고?"

"뭐, 마이너리그 코치직인데 괜찮아."

"어쨌든 잘됐다!"

"뭐 그렇지."

"야야, 쳤다!"

호세의 말에 혼조가 고개를 홱 돌려 TV를 바라보았다.

-1회 초 로열즈가 좋은 기회를 맞이하였습니다. 원아웃에 주자는 1, 2루! 선발 투수 구현진의 출발이 그다지 좋지 않습니다. 그런 구현진을 상대로 데이비스가 방망이를 움켜쥐었습니다.

데이비스가 눈매를 날카롭게 빛내며 구현진을 째려보았다.

'당신을 존경해. 하지만 그냥 존경할 뿐이야. 여기서 당신의 공을 때려낸다면 내겐 더없는 영광이겠지. 반드시 때려낸다. 전설이라 해도 지금은 노장. 져줄 생각은 조금도 없어.'

데이비스는 의지를 다졌다. 그가 존경해 마지않던 구현진에 대한 예우 그리고 이제 그의 시대가 끝났음을 자신의 손으로 고할 생각이었다.

구현진이 미트를 향해 초구를 던졌다. 공이 포물선을 그리며 부드럽게 날아가 미트에 꽂혔다.

퍼엉!

커브였다. 몸쪽에서 바깥쪽으로 흘러나가는 커브였다.

"스트라이크!"

-구현진 선수가 초구 커브를 선택했네요. 바깥쪽에 걸치는 스트라이크 원 나싱!

-구현진 선수가 아무래도 데이비스를 경계하는 것 같죠? 초구를 변화구로 선택했어요.

-전성기 때라면 초구부터 힘으로 밀어붙였을 텐데요.

-그렇습니다.

데이비스는 눈을 깜빡이며 다시 타석에 섰다.

'내가 노리는 것은 단 하나야. 패스트볼! 그걸 쳐야 인정받아!'

그리고 구현진의 2구가 몸쪽으로 파고들어 왔다. 데이비스가 기다리던 패스트볼이었다.

'왔다!'

데이비스의 방망이가 힘껏 돌아갔다. 그런데 공이 생각처럼 뻗질 않았다.

'어?'

데이비스의 방망이가 공의 윗부분을 때렸다. 공은 1루 방향으로 굴어갔다. 에인절스의 1루수가 백핸드로 캐치해 2루에 던져 포스 아웃, 다시 1루에 던져 더블 아웃을 만들었다.

-아아! 최악이네요, 데이비스. 더블플레이입니다.

-데이비스가 몸쪽으로 파고드는 공을 공략하지 못했어요. 데이비스가 가장 좋아하는 공이었는데요.

-3-4-3으로 이어지는 병살타. 첫 번째 대결은 구현진의 승리로 돌아가네요.

-로열즈가 귀중한 찬스를 놓쳐 버립니다.

데이비스가 더그아웃으로 향하며 인상을 썼다.

'젠장! 투심이었어!'

데이비스가 패스트볼을 노리고 있다는 것을 감지한 구현진이 투심을 던져 땅볼을 만들었다. 이것 역시 오랜 연륜에서 나오는 위기관리 능력이었다.

　구현진이 더그아웃으로 향했다. 동료 선수들이 구현진의 투구에 박수를 보내주고 있었다. 구현진은 원래 자신의 자리로 가 모자를 벗고, 수건으로 땀을 훔쳤다.

　그 시각, 대한민국.

　"여보, 여보! 어떻게 됐어?"

　장만호가 집에 들어오며 소리쳤다. 거실에 있던 이순정이 깜짝 놀라며 말했다.

　"아이구야. 시끄러버라. 뭘 그렇게 호들갑 떨면서 들어오노!"

　"마, 그만해라! 지금 현진이 어떻게 됐냐고?"

　"시작한 지 얼마 안 됐다! 인자 1회 초 끝났다."

　"맞나?"

　장만호는 대뜸 소파에 앉으며 TV로 시선을 돌렸다. 그러자 이순정이 버럭 소리를 질렀다.

　"애들하고 뒹굴다 왔으면 좀 씻어라! 아이고, 먼지 봐라."

　"지금 씻는 게 문제가! 내 친구 현진이 은퇴식 아이가!"

　"아이고, 누가 뭐라고 하요? 좀 씻고 봐도 되잖아. 인자 1회 초 끝나고 광고할 시간인데."

"알았다, 알았다고! 잔소리는······."

"애들은?"

"아직!"

"오늘 온다고 안 그랬나?"

"오겠지?"

"무슨 엄마가 돼서 애들이 뭐 하는지도 모르노?"

"아이고, 이 양반아. 애들 지금 기숙사 생활 하고 있거든요. 당신은 애들 어떻게 지내는지도 모르믄서!"

이순정이 오히려 큰 소리로 나무랐다. 장만호는 헛기침하며 슬쩍 화장실로 향했다.

"맞나? 씻어야지. 나 씻고 나올게."

이순정은 그런 장만호를 보며 또다시 혀를 찼다.

"쯧쯧쯧, 고등학교에서 애들 가르치믄 정신을 차릴 줄 알았더만, 바뀐 게 없노!"

이순정의 장만호의 애 같은 성격에 절로 고개가 가로저어졌다.

"내가 아들 셋을 데리고 산다! 살아!"

구현진의 투구는 계속해서 이어졌다. 그러던 중 4회 초, 또다시 데이비스를 상대하게 되었다. 2스트라이크까지 몰아붙인 구현진. 이번에도 데이비스를 손쉽게 상대할 수 있을 것 같았다.

펑엉!

"볼."

비록 볼이 되었지만 여전히 날카로운 투구를 펼쳤다.

'도대체 누가 은퇴하라고 말한 거야? 늙기는커녕 아직 쌩쌩하잖아!'

데이비스는 고개를 절레절레 흔들었다.

절묘한 코너워크의 커브가 또 한 번 들어왔다. 데이비스의 방망이가 힘껏 돌아갔다. 하지만 뚝 떨어지는 공에 헛스윙 삼진으로 물러나야만 했다.

첫 타석에 이어 두 번째 타석마저 데이비스는 삼진이 되었다.

'괜찮아, 어차피 난 한 방이 있으니까. 단, 한 번의 기회만 있으면 돼. 그때 한 방 날리면 모든 것이 끝나!'

데이비스는 스스로를 위로했다.

-4회 초가 끝난 현재, 에인절스 대 로열즈는 여전히 0 대 0을 기록하고 있습니다. 구현진이 잘 던지고 있지만 상대 팀 선발인 홀덤도 호투 중입니다.

-홀덤은 로열즈에서도 꽤 젊은 투수입니다. 올해 처음으로 메이저리그에 올라섰는데요. 위대한 투수를 상대로 전혀 주

눅 들지 않고 공을 던지고 있네요.

　-정말 대단하긴 합니다.

　4회 말, 에인절스의 공격이 시작되었다. 선두타자가 3루수 에러로 1루에 나갔다.

　노아웃 주자 1루인 상황에서 3번 칼리웨이가 들어섰다. 그리고 초구 몸쪽으로 들어오는 공을 힘껏 때렸다.

　딱!

　경쾌한 방망이 소리가 들려오고 공은 큰 포물선을 그리며 좌중월 홈런이 되었다.

　-칼리웨이! 2구째 몸쪽 공을 롱타! 좌중월 홈런을 만들어냈습니다!

　-칼리웨이의 투 런 홈런으로 에인절스가 먼저 2점 선취.

　-구현진의 어깨가 한결 가벼워졌어요.

　-네, 그렇습니다. 게다가 오늘 구현진 역시 1회 초만 빼고 엄청난 투구를 보여주고 있습니다.

　-마치 전성기 때 그 모습을 보여주는 것 같네요.

　2점을 먼저 얻어낸 구현진은 계속해서 무실점 행진을 펼쳤다. 7회 초에 안타를 내줬지만, 위기관리 능력으로 계속해서 위기를 벗어났다.

그리고 또다시 데이비스가 타석에 들어섰다. 이번 경기에서 3번째. 좌타석에서 연속으로 삼진을 당한 데이비스가 이번에는 우타석에 들어섰다.

큰 거 한 방을 노리려고 했지만 변화구에 철저하게 농락당해 이번에는 우타석에서 상대하려 했다. 홈런보다는 안타를 때리려는 강한 욕심에서 나온 선택이었다.

'그래, 뭐라고 욕해도 좋아! 난 당신의 공을 치고 싶어. 때려내고 싶단 말이야.'

데이비스가 강한 눈빛으로 구현진을 응시했다. 구현진 역시 좌타석에서 우타석으로 타석을 바꾼 데이비스를 보고 살짝 경계의 눈빛을 보냈다.

"흠⋯⋯."

낮은 신음을 흘린 구현진은 마운드를 다시 고른 후 초구를 던졌다.

퍼엉!

바깥쪽에 빠르게 꽂히는 포심 패스트볼이었다. 구속 역시 98마일을 찍었다. 데이비스가 눈을 번쩍 떴다.

'제길, 갑자기 빠른 공이라니⋯⋯.'

데이비스는 당황했다. 그리고 2구째 공은 떨어지는 체인지업이었다. 그 공에 데이비스는 방망이를 헛돌리고 말았다. 순식간에 2스트라이크가 되었다.

'헉! 패스트볼을 기다리고 있으면 이런 식으로 완급 조절을 하니 대응하기가 힘들어. 제기랄! 역시 대단한 투수야. 스피드, 컨트롤, 타자 대응 능력까지 뭐 하나 빠지지 않아. 이 모든 것이 레전드, 구현진의 능력이라는 건가?'

펑!

3구째는 몸쪽 하이 패스트볼이었다. 그 공에 데이비스의 방망이가 참지 못하고 나갔다.

"스트라이크, 아웃!"

데이비스는 3연속 삼진이 되어 물러났다. 구현진은 최고의 홈런 레이스를 펼치고 있던 데이비스를 상대로 완승을 거두고 있었다.

-7회 초까지 로열즈는 무득점인 상황입니다. 구현진 선수가 철저하게 타자들을 막고 있어요.

-현재 구현진의 투구수가 95개를 넘어가고 있습니다. 구속도 초반 98마일에서 96마일까지 떨어진 상태입니다.

-나이가 있는 만큼 체력적으로 힘에 부칠 수밖에 없습니다. 하지만 특유의 노련함으로 위기를 잘 극복하고 있어요.

에인절스는 7회 말에도 역시 득점을 올리지 못했다. 중계진과 팬들은 8회 초에도 구현진이 올라올지 궁금해하며 긴장했다. 그리고 8회 초 구현진이 모자를 쓰고 더그아웃에서 나오자 환호를 보냈다.

-아아, 구현진 선수 그대로 나옵니다. 8회 초에도 구현진 선수에게 맡길 생각입니다.
-오늘 구현진은 그야말로 전성기 때의 모습을 그대로 보여주고 있어요.
-네, 맞습니다. 오늘 은퇴 경기가 아니라, 은퇴 번복 경기를 보는 듯합니다.
-진짜 내년까지 공을 더 던져야 하는 거 아닙니까?

8회 초에도 선두타자에게 안타와 볼넷을 내주며, 무사 1, 2루 위기에 몰렸지만, 그 역시 구현진은 삼진과 병살타로 이닝을 마무리 지었다.
더그아웃으로 돌아온 구현진이 벤치에 앉았다. 마이크 오노 감독이 구현진에게 다가갔다.
"어떤가?"
구현진이 힘겹게 웃으며 말했다.
"아무래도 여기까지인 것 같아요."
구현진이 자신의 왼팔을 바라보았다. 축 늘어진 채 부르르 떨리고 있었다. 마이크 오노 감독이 고개를 끄덕였다.

"9회는 클로저에게 맡기겠네. 마지막까지 정말 멋진 투구였네. 고생했어."

"감사합니다."

구현진이 힘겹게 말했다. 그러다가 다시 감독을 불렀다.

"감독님."

"뭔가?"

"마지막까지 제 고집을 들어주셔서 감사합니다."

"훗, 어디 한두 번인가? 그리고 자네가 고집을 부려도 그럴 만하니까 부렸지. 자넨 언제나 믿음에 보답해 줬고 말이야. 난 그거면 되었네."

"언제나 믿어주셔서 감사합니다."

구현진은 뒤돌아 서 있는 마이크 오노 감독의 등을 향해 인사했다. 그리고 트레이너의 부축을 받으며 더그아웃 뒤쪽 의료실로 향했다. 그곳에서 트레이너가 다가와 급히 아이싱을 해주었다.

구현진은 오늘 자신이 던질 수 있는 최고의 공을 던졌다. 팔을 들 수 없을 정도로 힘껏 말이다. 그렇게 구현진은 자신의 은퇴 경기를 승리로 장식했다.

경기가 모두 끝나고, 구현진을 위해 마련된 이벤트가 있었다. 모든 팬이 있는 그곳에서 구현진이 은퇴식을 거행하기 위함이었다.

구현진이 터벅터벅 걸음을 옮겨 마운드에 섰다. 단상 앞에 놓인 마이크를 잡고 구현진은 한동안 가만히 있었다.

팬들 역시 그런 구현진의 모습을 가만히 지켜보았다. 그리고 마이크를 잡은 구현진의 손이 천천히 움직였다.

"전 에인절스에 있는 동안 정말 많은 사랑을 받아왔습니다. 그 사랑에 보답하기 위해 전 제가 가진 모든 것을 쏟아냈습니다. 그리고 오늘 그 힘이 모두 방전되었네요. 여태까지 절 사랑해 주신 모든 팬분께 감사하다는 말씀을 올리고 싶습니다. 그리고 절 영원한 에인절스의 사나이로 있게 해준 피터 레이놀 단장님에게도 감사의 말씀을 드립니다. 고맙습니다, 여러분! 그동안 감사했습니다."

구현진은 짧지만 진심을 담은 말이었다. 그 순간 수많은 팬이 모두 자리에서 일어나 구현진에게 큰 박수를 보내주었다. 에인절스의 위대한 전설 구현진에게 보내는 존경이 가득 담긴 응원의 박수였다.

마지막으로 아카네와 두 명의 자식, 민호와 선미가 나타났다. 구현진은 깜짝 놀란 눈으로 가족들을 바라보았다. 선미는 가슴에 커다란 꽃다발을 안고 있었다. 그것을 아버지인 구현진에게 전해주었다.

"아빠, 너무 멋져요."

"아버지, 수고하셨어요."

선미와 민호는 아버지를 강하게 끌어안아 주었다. 마지막으로 아내인 아카네가 눈을 머금고 서 있었다.

"여보……."

아카네가 구현진을 강하게 안았다.

"고생했어요. 그동안 정말 고생 많았어요."

아카네의 눈에서 뜨거운 눈물이 흘러내렸다. 구현진의 눈에서도 참았던 눈물이 하염없이 흘러내렸다.

두 사람의 모습을 지켜보며 동료 선수들이나 감독, 코치 그리고 운동장에 있는 모든 팬이 아낌없는 박수를 보내주었다.

그렇게 구현진의 화려했던 선수 생활이 끝났다.

49장

에필로그

I.

시간이 한참 흐른 후.

메이저리그에서 가장 위대한 좌투수는 샌드 쿠퍼스였다. 신
의 왼팔, 메이저리그 역사상 가장 압도적인 전성기를 보낸 투
수라는 수식어가 그 앞에 항상 따라다녔다.

그러나 샌드 쿠퍼스의 기록을 모두 갈아치우고, 새로운 뉴
레코드를 작성한 이가 있다. 그 누구보다도 강하고, 그 누구보
다도 위대했던 투수, 에인절스의 구현진.

그가 메이저리그에서 세운 통산 성적은 그야말로 압도적이
었다. 20시즌 동안 387승 106패, 평균자책점 1.86, 4,685.2이
닝, 5,087K를 기록한 구현진은 에인절스의 영원한 스타로 남

왔다.

에인절스는 구현진의 등번호 1번을 영구결번으로 만들었다. 그것이 에인절스를 위해 뛰어준 구현진에 대한 예의라 생각했다.

그리고 에인절스는 구현진이 있는 동안 총 8번의 월드 시리즈 우승과 12번의 지구 우승을 차지했다. 특히 월드 시리즈 3연패는 메이저리그 역사상 에인절스만이 세운 유일한 기록이었다.

그리고 메이저리그 모든 기록을 갈아치운 구현진은 은퇴 후 당당히 명예의 전당에 추천되었다.

미국 뉴욕 주 쿠퍼스타운에 위치한 명예의 전당 사설 박물관. 그곳 강당에 미국 야구 기자 협회 사람과 원로 위원회(Veterans Committee)에서 선출된 사람들이 앉아 있었다.

이들은 올해 명예의 전당에 입당될 선수를 입후보하기 위해서 모였다.

원탁에 앉아 있는 가장 나이가 많아 보이는 위원장이 마이크를 잡았다.

"위원회분들 오늘 이렇게 모여주셔서 감사합니다. 그동안 잘 지내셨죠?"

"아, 그럼요."

"잘 지냈습니다."

"좋습니다. 그럼 후보 대상자들을 확인해 보도록 하겠습니다."

위원장의 말에 위원들은 명단이 적힌 서류를 보았다.

명예의 전당에 오르기 위한 조건은 메이저리그에서 10년 동안 선수 생활을 하고, 은퇴 후 5년이 지나는 것이었다.

"올해도 약 20여 명 정도 올라 있는데, 다들 확인 부탁드립니다."

위원들이 고개를 끄덕이며 명단을 확인했다. 명단을 확인하는 위원들이 누군가의 이름을 보고 다들 눈을 반짝였다.

[구현진.]

"오오, 드디어……."

"그렇군요. 드디어 올라왔군요."

"너무 늦게 올라왔어요."

"맞습니다. 은퇴한 지 10년이 지났는데……."

"왜 이제야 올라왔을까요?"

"뭐, 여러 사정이 있었겠죠."

"항간에 의하면 선수가 원하지 않았다고 하던데요?"

"그래요? 왜 그랬을까요?"

"그야 모를 일이죠."

위원들의 수군거림을 들은 위원장이 소리를 높였다.

"잡담은 나중에 하시고, 빨리 회의부터 하시죠."

그러자 위원들이 일제히 자세를 잡으며 입을 닫았다. 그때 한 위원이 먼저 입을 열었다.

"여기서 쭉 훑어보니 한 친구가 마음에 걸리는군요."

"누구 말씀입니까?"

"제릭 하이머."

"아! 제릭 하이머."

"이 친구가 왜 올라왔지?"

"허허, 아직은 좀 곤란하지 않을까요?"

위원들이 하나둘 의견을 내놓았다.

위원장이 발언을 한 위원을 보며 물었다.

"자세히 말씀해 주시겠습니까?"

"네, 제릭 하이머는 비록 홈런을 많이 쳤지만 불법 약물 복용이라는 오명을 쓴 상태입니다. 이런 자는 명예의 전당에 맞지 않는다고 생각합니다."

"하지만 제릭 하이머 본인은 약물을 하지 않았다고 하고 있어요. 지금 항소 중이라고 들었습니다."

"그럼 재판에서 최종 판결이 나오기 전까지 유보하는 걸로 하는 건 어떻습니까?"

위원장의 말에 위원들 모두 고개를 끄덕였다.

"좋습니다. 그럼 다른 분들은 어떻습니까?"

"이의 없습니다."

"이대로 나가도 좋을 것 같습니다."

"네, 알겠습니다. 그럼 이대로 제출하도록 하겠습니다."

"네."

다음 회의를 준비하는 동안 위원들은 누가 될지 점치고 있었다.

"구현진은 100%겠지?"

"아마도 최고 득표율이 나올 거야."

"누가 최고 투표율이었지?"

"아마…… 2016년도에 켄 그리피 주니어였을걸. 그때 99.3% 득표율이 나왔으니까."

"아, 맞다! 그 당시에 100% 득표율이 나올 거라고 그랬잖아."

"그럼, 그런데 안타깝게도 100%가 못 되었지. 구현진은 100%가 될지도 몰라."

"오오, 나도 그건 동감이네."

그때 위원장이 마이크를 잡았다.

"그럼 다음 안건으로 넘어가시죠."

그러자 위원들은 재빨리 자세를 잡으며 다음 회의를 시작했다.

미국 LA 인근 베버리힐즈에 있는 1,200평짜리 저택에는 구현진과 그의 가족들이 살고 있다.

구현진과 아카네는 여전히 사랑하고 있었고, 둘째 딸 구선미와 함께 생활하고 있었다. 구현진은 나른한 오후에 따사로운 햇살을 받으며 누워 있었다.

아카네가 시원한 레모네이드를 준비해 가지고 나왔다.

"여보, 이거 마셔요."

"오오, 레모네이드! 역시 날 생각해 주는 사람은 당신밖에 없다니까."

"호호, 당신도 참……."

구현진은 얼음이 동동 띄워진 레모네이드를 정신없이 들이켰다.

"크으, 시원하다. 여보, 이리 와."

"왜요?"

"왜긴 왜야. 예뻐서 뽀뽀라도 하고 싶어 그러지."

"애들 봐요!"

"애들 보면 어때! 부모가 서로 사랑하고 있다는 것을 보여주는 것도 좋은 일이야."

구현진은 말이 끝남과 동시에 아카네의 허리를 감싸 안으며 자기 쪽으로 당겼다.

"어멋!"

아카네는 깜짝 놀라며 눈을 크게 떴다. 그리고 구현진의 허벅지에 앉으며 가슴을 주먹으로 쳤다.

"이이가 진짜……. 놀랬잖아요."

"우리 마눌님은 어쩜 이리도 예쁠까요? 나이가 들어도 예뻐!"

"나 놀려요?"

"내가 놀려? 에이, 아니야. 절대 네버! 사실을 말한 것뿐이야."

아카네는 구현진의 칭찬에 은근히 좋아하는 눈치였다.

"이거 놔요. 선미 내려와요."

"뭐, 어때!"

"주책이야, 정말!"

"그럼 뽀뽀해 줘. 그럼 놓아주고!"

"이이가 진짜!"

아카네가 앙칼진 눈빛을 보냈다.

그러나 구현진에게는 전혀 통하지 않았다. 오히려 더욱 허리를 감싸며 말했다.

"뽀뽀해 주기 전까지 안 놓아줘."

"진짜 이러기에요?"

"뽀뽀해 줘!"

"당신이 애예요? 투정 부리게?"

"나 애 맞아! 그러니까, 뽀뽀! 뽀뽀!"

구현진이 입술을 쭉 내밀었다. 아카네는 잠시 주위를 살피더니 말했다.

"뽀뽀만 해주면 놓아줄 거죠?"

"그렇다니까."

"알았어요."

쪽!

아카네가 구현진의 입술에 가볍게 뽀뽀해 주었다.

"됐죠? 이제 놔줘요."

"싫어. 한 번 더 해줘."

"아까 한 번만 하면 된다면서요."

"아이, 몰라. 당신이 너무너무 좋은 걸 어떡해!"

급기야 구현진은 아카네를 자신의 품으로 끌어당겼다.

"어멋!"

아카네는 또 한 번 깜짝 놀랐다.

"이이가 오늘 정말 왜 이럴까?"

"에이, 오랜만에 안아보자. 우리 안아본 지 너무 오래되었어."

"그게, 어디 나 때문인가요? 자기 때문이면서."

"그러니까, 오늘 그동안 못한 거 오랫동안 안아보자."

구현진은 아카네를 더욱 깊숙이 안았다. 아카네 역시 구현진 가슴에 얼굴을 묻고 눈을 감았다.

그때 집을 나서는 구선미가 있었다. 마당에서 두 사람의 애정 행각을 본 구선미는 인상을 찌푸렸다.

"그만 좀 해! 부끄러운 줄을 몰라!"

아카네는 화들짝 놀라며 구현진의 품에서 벗어났다.

"이제 나가니?"

"네."

"다 챙겼고?"

그러자 구현진이 한마디 툭 던졌다.

"다 큰 애가 알아서 다 했겠지. 당신, 그것도 잔소리야."

"뭔 소리예요."

구선미가 구현진에게 다가갔다.

"아빠!"

"왜?"

"딸 앞에서 애정 행각은 좀 아니지 않나요?"

"그래? 난 좋은데. 아빠가 워낙에 엄마를 사랑하잖아!"

구현진은 능글맞게 대답했다. 구선미 역시 뻔한 답이 올 줄 알았다.

"내가 못 살아!"

구선미가 살짝 짜증을 냈다. 그런데 구현진은 오히려 더욱 더 구선미를 놀렸다.

"그런데 딸!"

"왜요?"

"아빠랑 엄마랑 사랑이 넘치는 모습을 보면서 넌 뭐 느끼는 거 없어?"

"없는데요?"

"에이, 매정한 녀석."

"아빠가 워낙 저에게 못 볼 꼴을 많이 보여주셔서 전 엄두가 나지 않네요."

"인마! 그게 뭐가 못 볼 꼴이야. 이런 꼴 보기 싫으면 독립해!"

"와, 또 독립하래."

"그보다 너 열심히 아르바이트하고 있어?"

"치사해! 아빠가 구현진인데, 아르바이트를 하라네."

"야, 데이비드 베컴네 아이들도 아르바이트했거든!"

"아빠가 더 부자잖아요!"

"이게 아빠 돈이지. 네 돈이냐? 그리고 아빠가 더 부자여도, 걔네도 아르바이트해서 용돈 벌고 하잖아. 그런데 넌 왜 못 해?"

"진짜 치사해! 내가 빨리 성공해서 독립하든가 해야지. 서러워서 못 살겠네."

"제발 그래라!"

옆에 있던 아카네는 구현진을 툭 치며 말했다.

"그만 좀 해요. 그러다가 선미 삐져요."

"엄마, 이미 삐졌거든. 흥!"

"삐져라. 하나도 안 무섭거든!"

"여보!"

아카네가 무섭게 쨰려보자 구현진은 곧바로 꼬리를 내렸다. 그때 구현진의 스마트 폰이 울렸다.

"어? 누구지? 여보세요?"

-안녕하십니까, 구현진 씨 되십니까?

"네, 그렇습니다만……."

-명예 전당 위원회입니다. 이번에 구현진 씨께서 명예의 전당에 입후보하게 되어서…….

구현진은 한참을 듣다가 고개를 끄덕였다.

"당연히 참석할 수 있습니다. 네, 알겠습니다."

구현진이 전화를 끊었다. 아카네도 구현진의 표정을 살피더니 뭔가 심상치 않아 보였다.

"왜 그래요? 무슨 일 있어요?"

"여보, 나 명예의 전당에 올라가나 봐."

"정말요? 진짜 기뻐요! 당신이라면 당연히 명예의 전당에 올라갈 줄 알았어요."

"고마워. 그런데 내 배 좀 봐! 너무 나온 거 아니야? 그래도 한때는 잘나가는 운동 선수였는데……."

그러자 아카네가 옆에 앉으며 구현진의 배를 손을 쓰다듬었다.

"그러게요, 좀 나왔네요."

"운동 좀 해야 하나?"

구현진 역시 자신의 배를 만졌다.

"아니요, 괜찮아요. 이제 좀 쉬어도 되잖아요. 그동안 고생 많았는데요. 그리고 전 배가 약간 나온 남자가 더 좋아요."

아카네가 구현진 품에 안겼다. 구현진이 아카네를 꼭 안았다. 그리고 한 곳을 응시했다. 그곳을 바라보는 구현진의 눈빛에는 뿌듯함이 가득 담겨 있었다.

집 안으로 들어간 구현진은 한 곳에 우두커니 멈춰 섰다. 구현진이 보고 있는 곳은 바로 메이저리그에서 활약해서 받은 트로피와 상장들이 빼곡하게 진열된 곳이었다.

그곳은 바로 구현진의 역사였다. 사이영 상이 줄지어 진열되어 있었다. 그것도 무려 7년 연속이었다.

"안타깝네."

구현진은 2028년에 끊긴 사이영 상을 보며 혼잣말을 했다. 더 잘할 수 있었지만, 부상으로 인해서 약간 힘들었던 시절이 있었다. 그 해에도 사이영 상 후보 3위 밑으로 내려간 적이 없었다.

구현진이 진열장을 바라보고 있을 때 그 옆으로 아카네가 다가왔다. 구현진은 다가온 아카네를 살며시 안았다.

"당신 나 명예의 전당에 헌액되는 날 같이 가줄 거지?"

"그럼요! 당신의 꿈이었는데요. 꼭 함께할게요."

"고마워, 여보."

구현진은 더욱 힘껏 아카네를 안아주었다.

2.

명예의 전당.

후보자가 적힌 명단이 40명의 기자에게 전해졌다. 입후보자 명단을 받은 기자들은 자신이 생각하는 10명까지 이름을 체크할 수 있다.

이들 중 75% 이상을 득표해야 명예의 전당에 헌액되는 것이다. 5% 이하를 득표한 후보는 이후 선거에서 탈락하게 된다.

특정한 경우, 자격 요건이 되지 않지만 헌액될 때도 있다. 구호 활동 중 비행기 사고로 사망한 사람이나, 뇌막염으로 사망한 사람.

은퇴 후 20년이 지나도 선출되지 못한 후보는 원로 위원회로 넘어가는데, 홀수 해에만 선출이 가능했다. 40명의 기자가 투표용지에 최대 10명의 선수를 체크하고 기자 본인의 서명을 첨부해서 투표를 마쳤다.

그 결과 메이저리그 역사상 처음으로 100% 득표율이 나왔다. 그 주인공은 바로 구현진이었다.

이듬해 7월 구현진과 아카네는 뉴욕주 쿠퍼스타운에 모습을 드러냈다.

그곳에 많은 인파가 모여들었다. 이곳에서 명예의 전당 헌액식이 개최되기 때문이었다.

구현진과 아카네는 미리 나와 명예의 전당 관계자와 동판에 새길 팀 로고를 논의하기 위해 먼저 들렀다.

"안녕하세요, 구현진 선수. 저는 이번 헌액식의 담당자인 로저스입니다."

"네, 반갑습니다."

두 사람은 악수했다.

"아, 이쪽은 제 아내입니다."

"네, 알고 있습니다. 여전히 아름다우시네요."

"감사해요."

아카네 역시 미소를 지으며 인사했다.

"일단 회의실로 가시죠."

"네."

회의실로 들어가자 로저스는 동판에 들어가 로고에 대해서 설명했다.

"동판은 이렇게 제작될 예정입니다. 여기 아래에 로고와 하고 싶은 말을 적으시면 됩니다."

"아, 네……."

구현진은 아카네와 이미 상의를 해 왔다. 그 부분에 대해서 로저스에게 얘기해 주었다.

"저는 여기에 로고를 넣었으면 좋겠습니다. 그리고 여기에 제 아이들의 이름을 넣으면 좋겠고요."

"네, 알겠습니다. ……이렇게."

로저스는 하나하나 기입했다.

그들은 약 30여 분 동안 회의를 마치고 자리에서 일어났다. 로저스가 곧바로 구현진과 아카네를 다음 장소로 안내했다.

"자, 이곳에 동판이 걸릴 자리입니다. 사진을 찍으셔도 되고요. 미리 확인해 보시는 것도 좋을 것 같습니다."

로저스의 안내를 받은 구현진은 자신의 동판이 걸릴 위치를 확인했다.

"좋네."

옛날에는 꿈에도 생각지 못했던 광경이었다. 자신이 어떻게 명예의 전당에 오를 수 있었는지 그 옛날의 기억이 마치 주마등처럼 지나갔다.

"네, 확인이 끝났으면 곧바로 작업에 들어가도록 하겠습니다."

"알겠습니다. 잘 부탁드리겠습니다."

"당연합니다. 그럼 쿠퍼스타운에서 즐거운 시간 보내십시오."

"네."

명예의 전당 담당자 로저스가 떠나고 구현진과 아카네는 잠시 그곳에 있었다.

"천천히 걸으며 잠시 구경이나 할까?"

"네, 좋아요."

구현진은 역대 명예의 전당 헌액자들을 하나하나 살폈다. 명예의 전당 최초의 5인부터 시작해서 지금까지 하나하나 보았다. 아카네 역시 명예의 전당 헌액자 동판을 보자, 감회가 새로웠다.

"당신도 이렇게 올라가겠죠?"

"그렇지."

동판에는 헌액 선수가 모자 쓴 얼굴이 조각되어 있다. 그 아래에 선수의 풀네임과 별명, 선수가 뛰었던 팀들과 기간이 적혀 있다. 무엇보다 선수의 커리어를 가리는 문구가 새겨져 있었다.

아카네는 동판을 만지며 말했다.

"그동안 고생했어요."

"……고마워."

구현진은 잠시 말을 잇지 못했다. 그리고 한동안 두 사람은 그곳을 떠나지 못했다.

7, 8월의 쿠퍼스 타운에는 많은 관광객이 몰린다. 바로 명예의 전당 헌액식 때문이었다.

이 헌액식을 전후로 하여 3~4일간 쿠퍼스 타운에서 헌액되는 선수들의 퍼레이드나 대담 등의 행사가 개최되는데, 이를 'Hall of Fame Weekend' 라고 한다.

헌액식 자체는 누구든지 와서 무료로 관람할 수 있기 때문에 헌액 선수의 팬들이 쿠퍼스 타운에 많이 방문한다.

작년 같은 경우에는 헌액식 당시 헌액식장에 온 관객이 50,000여 명 정도였다. 매년 늘어나는 추세라 행사에 필요한 손이 많아지고 있었다.

하지만 올해는 작년보다 더 많은 인파가 몰릴 예정이었다. 올해 수상자에 구현진이 올라갔기 때문이었다.

"자, 서두릅시다. 서둘러요."

에인절스 구단에서 나온 관계자가 박수를 치며 일꾼들을 독려했다. 오늘 에인절스 구단에서 구현진을 위해 기념행사를 열었다. 그곳에 구현진이 나타났다.

"수고 많으십니다."

"앗! 구현진 선수."

"하하하, 이제 선수는 아니죠, 심슨 씨!"

"아, 입에 붙어서요. 그보다 여긴 어쩐 일로?"

"그냥 구경 한번 와봤어요."

"그래요? 참, 전(前) 단장님도 와 계십니다."

"피터가요?"

"네, 여기 계셨는데……."

레이 심슨은 빠르게 주위를 두리번거렸다. 그것도 잠시 저 멀리 피터 레이놀이 서 있는 것을 발견할 수 있었다.

"아, 저기 계시네요."

"고마워요."

"뭘요."

구현진은 인사를 하고 피터 레이놀에게 다가갔다.

"여기서 뭐 해요?"

"어? 왔나?"

피터 레이놀도 어느새 나이가 지긋이 들어 머리에 흰머리가 자글자글했다.

"그냥 뭐, 옛 추억에 잠겼다고 해야 하나? 그보다 일은 다 끝냈나?"

"뭐, 동판 제작이 어떻게 되는 둥, 어떤 식으로 나간다는 둥,

그런 얘기들이었지요."

"후후, 그래도 내가 오래 살고 볼 일이야. 자네가 명예의 전당에 올라가는 것을 다 보고 말이지."

"뿌듯하시죠?"

"그걸 말이라고 하나. 단장으로 처음 부임해서 데려온 사내가 명예의 전당에 헌액되는데 당연하지 않나."

피터 레이놀은 지난날이 떠오르는지 절로 뿌듯해했다.

"그런데 요즘 뭐 하고 지내세요?"

"뭐 하긴 손자들이랑 노느라 정신없지."

"아이고, 할아버지네요."

"그럼, 할아버지지. 머리 봐봐. 흰머리가 자글자글하잖아."

피터 레이놀은 자신의 머리를 보여주며 말했다.

"그런데 알렌은요? 알렌은 안 왔어요?"

구현진이 주위를 두리번거리며 말했다.

"그 녀석이야 지금 한창 바쁘지. 시즌 중이잖아. 그리고 트레이드 마감 시한도 가까워 오고, 이래저래 정신이 없는가 보더라고."

"일은 잘해요? 그래도 피터 씨 다음으로 에인절스 단장으로 취임했는데."

"뭐, 나름 하는가 봐. 내 눈에는 안 차지만."

피터 레이놀은 퉁명스럽게 아들 얘기를 하면서도 입가에는 미소가 걸려 있었다.

"그런데 진짜 여긴 어쩐 일이에요?"

"내 마지막 일을 하러 왔지."

"마지막 일?"

"그래, 내가 데려온 선수가 잘돼서, 그 백넘버가 공식적으로 영구결번이 되었잖나. 그것을 내 손으로 직접 전달해 주려고."

"피터 씨……."

피터가 미소를 지으며 구현진을 바라봤다. 솔직히 명예의 전당 헌액은 선수 본인에게뿐만 아니라 그 선수가 뛰었던 팀에게도 큰 영광이었다.

이 때문에 메이저리그 팀들은 레전드 선수의 백넘버를 그냥 비워만 놓다가, 명예의 전당 헌액이 확정되면 바로 영구결번을 지정해 버린다.

구현진의 뜨거운 눈길을 받은 피터 레이놀이 쑥스러운지 얼굴을 돌리며 말했다.

"빌어먹을 아들놈이 그 일은 자기가 할 일이 아니라며 나에게 떠넘기지 뭔가. 그래서 뭐 어쩔 수 없이……."

"고맙습니다, 마지막까지."

"아니, 오히려 내가 고맙네. 끝까지 에인절스에 있어 줘서, 그리고 이렇게 잘되어서 말이야."

두 사람은 잠시 눈가가 촉촉해졌다. 그때 명예의 전당 관계자가 다가왔다.

"구현진 선수! 이제 곧 헌액식이 시작됩니다."

"아, 예, 갑니다."

구현진이 소리친 후 피터 레이놀을 바라보았다.

"가볼게요."

"그래, 난 자네의 모습을 밑에서 지켜보겠네."

피터 레이놀이 구현진의 어깨를 가볍게 두들겼다. 구현진이 피식 웃으며 헌액식 장소로 걸어갔다. 그 뒷모습을 하염없이 바라보는 피터 레이놀이었다.

헌액식이 시작되었다. 구현진을 외에도 5인의 멤버가 더 있었다. 그들 역시 명예의 전당에 헌액되었다. 각자 자신의 얼굴과 커리어가 새겨진 동판을 받아들었다.

그 밑에서는 카메라를 든 기자들이 계속해서 사진을 찍어댔다. 구현진 역시 자신의 가슴 앞에 동판을 들고 기자들을 향해 밝게 미소를 지었다. 그리고 단상에 올라 소감을 발표했다.

"에인절스의 선수로서 지난 한평생 선수 생활을 했다는 것이 너무 자랑스럽습니다. 앞으로도 에인절스를 응원하고 야구계 발전에 이바지하며 살겠습니다."

그러자 에인절스 팬들의 엄청난 환호성이 들렸다.

"와아아아아!"

"구! 구! 구! 구! 구!"

팬들은 구현진을 연호하며 다시 한번 가슴을 뜨겁게 달궜다.

그리고…….

[레전드 구는 영원히 야구 팬들의 가슴속에 남았다!]

3.

에인절스는 새로운 유격수의 입단식을 준비했다.

그런데 여느 때와 달리 엄청난 취재진과 기자들이 몰렸다. 게다가 구단 앞에는 수백 명의 에인절스 팬들이 깃발을 들고 서 있었다.

잠시 후 검은색 세단이 도착하고 그곳에서 깔끔한 정장 차림의 청년이 내렸다. 그런데 어딘지 모르게 낯이 익었다.

그가 등장하자, 밖에서 대기하고 있던 수많은 팬이 연호했다.

"구! 구! 구! 구! 구!"

그 청년은 팬들을 향해 손을 흔들어주었다. 그러자 팬들의 환호성은 더욱 짙어졌다.

에인절스의 입단식은 이례적으로 구단 회의실에서가 아닌, 강당에서 열렸다. 엄청난 인파가 몰렸고, 기자들이며 취재진까지 수용하려면 작은 곳이어서는 안 되었다.

게다가 팬들까지 입단식을 관람할 수 있게 구단 측에서 배려해 주었다.

"대단하지 않아? 그 아버지에 그 아들이라니까."

"그래 진짜! 어떻게 아들까지 에인절스지?"

"내가 누차 말했잖아. DNA는 무시 못 한다고. 그 피가 어디 가겠어?"

기자들이 삼삼오오 모여 잡담하고 있었다. 그들의 주제는 바로 오늘 에인절스에 입단하는 구현진의 아들, 구민호 군의 입단식 때문이었다.

미국에서 태어났지만 중학교, 고등학교를 대한민국에서 홀로 보냈다. 물론 할아버지, 할머니 집에서 다닌 것이지만, 어쨌든 대한민국으로 야구 유학을 보낸 것이다.

하지만 아버지처럼 투수가 아닌, 유격수로 활동했다. 그리고 중학교, 고등학교 내내 리그를 씹어 먹었다. 홈런왕 타이틀은 물론, 타율왕과 나가는 대회마다 MVP는 쓸어 담았다.

182㎝의 건장한 체격에 걸맞지 않게 빠른 몸놀림과 안정된 수비. 무엇보다 장타력까지 갖추고 있었다. 수비하기도 쉽지 않은 유격수이면서 고타율을 자랑하는 것은 정말 대단했다.

그런 구현진의 아들, 구민호가 오늘 에인절스에 입단식을
가졌다.

　"왔나?"

　피터 레이놀도 구현진의 아들, 구민호의 입단식에 모습을
드러냈다. 구현진이 모자를 푹 눌러쓴 채 뒤쪽에서 그 모습을
지켜보았다.

　"어? 왔어요?"

　"당연히 와야지. 큰아버지가 되어서 안 와볼 수 있나."

　"후후, 잘 왔어요."

　두 사람은 나란히 서서 입단식을 지켜보았다.

　구민호는 환한 얼굴로 에인절스의 유니폼과 모자를 썼다.
그 옆에는 피터 레이놀의 아들인 알렌 레이놀이 서 있었다. 알
렌 레이놀이 피터 레이놀의 뒤를 이어 에인절스 단장을 하고
있었다.

　"아니, 최장수 단장을 했으면 됐지! 그걸 꼭 아들에게까지
물려줘야 했습니까?"

　구현진이 퉁명스럽게 말했다.

　"나도 그러고 싶지는 않았어. 그런데 저 녀석이 꼭 하고 싶
다고 하잖아. 그리고 말이야."

　"뭐, 특혜 그런 건 아니고요?"

　"에헤, 큰일 날 소리! 당당히 면접 보고 들어왔다니까. 그리

고 위에서 결정하지, 내가 어떻게 아나?"

"조금도 입김이 작용하지 않았고요?"

"맹세할 수 있네."

피터 레이놀이 맹세까지 걸었다. 그러자 구현진이 피식 웃었다.

"참 신기해요. 인연이……. 우리 아들들이 저렇게 나란히 서 있는 모습이 말이에요."

구현진은 두 사람의 모습을 흐뭇하게 바라보았다. 피터 레이놀 역시 피식 웃었다.

"그러게나 말일세. 나도 생각지 못했어."

"그보다 참 신기해. 나도 피터 씨 첫 부임에 데리고 왔잖아요. 그런데 이번 단장도 첫 부임에 우리 아들을 데리고 가네."

"우리 집안 내력인 걸 어떻게 해! 구 씨 집안 사람을 첫해부터 데리고 가면 최장수 단장직을 할 수 있다는 뭐, 그런 거?"

"그, 그런 게 있어요?"

"뭐, 그렇더라고."

"그래도 단장이 된 아들을 보니 뿌듯하죠?"

"뭐, 그렇지. 그럼 자네는 안 그런가?"

"표정에 나타나지 않아요?"

구현진이 자신의 얼굴을 피터 레이놀에게 들이밀었다.

"아주 좋아 죽겠다는 얼굴이구면."

"하하, 봐요. 그렇다니까요."

두 사람이 얘기를 나누고 있는 사이 단상에서 취재진의 질문이 쏟아졌다.

"먼저 단장에게 묻겠습니다. 왜 구민호 군을 뽑았죠? 혹시 구현진의 아들이라서 뽑은 것이 아닙니까?"

기자의 짓궂은 질문에 알렌 레이놀이 마이크를 잡으며 말했다.

"저희 아버지는 구현진 선수가 한국에 있을 때부터 관심을 가지셨습니다. 그때 구현진 선수의 가능성을 보고 뽑았다고 하셨지요. 저도 마찬가지입니다. 직접 확인하고 데려오기 위해 한국으로 날아갔습니다. 그 결과, 구민호 선수는 제 상상 이상이었습니다. 성적을 보면 알겠지만 대한민국 고등학교 리그를 아주 박살 내고 있었죠. 에인절스에 반드시 필요한 선수라 판단했습니다."

알렌 레이놀의 당당한 말에 피터 레이놀이 흐뭇한 표정을 지었다. 그 옆에서 구현진이 툭 건드렸다.

"입 다물어요. 침 나와요."

"어? 어어……."

피터 레이놀이 당황하며 서둘러 입을 훔쳤다.

그 뒤로 기자들은 구민호에게 질문을 던졌다.

"아버지가 구현진 선수로 알고 있습니다. 그는 메이저리그

300 내 멋대로 인저리 8

최고의 투수였지요. 메이저리그의 모든 기록을 전부 다 갈아치웠으니까요. 한마디로 라이브시대에서 최고의 선수라고 말할 수 있습니다. 혹시 아버지의 기록을 깰 자신이 없어서 타자로 나온 건가요?"

기자가 짓궂은 질문은 구민호도 피하지 못했다. 구민호가 마이크를 잡으며 피식 웃었다. 그리고 당당히 영어로 답변을 해주었다.

"전혀 그렇지 않습니다. 아버지께서 라이브시대 이전의 투수 기록을 모두 갈아치웠듯이, 전 타자로서 라이브시대의 최고의 타자가 되어 모든 기록을 깨고 싶습니다. 그것뿐입니다. 전 아버지를 무척 존경하지만, 아버지를 라이벌로 생각하지는 않습니다. 아버지는 아버지일 뿐입니다. 그리고 지켜보길 바랍니다. 이제 제가 에인절스의 새로운 전설이 될 것입니다."

구민호의 당찬 포부에 기자들을 비롯해 모든 사람이 절로 박수를 보내주었다. 그런 구민호의 말에 피터 레이놀은 고개를 절레절레 흔들며 웃었다.

"저 자신감 보라고. 저거 하나는 자네를 완전 빼다 박았어."

"그럼, 누구 자식인데요!"

"실력도 빼다 박아야 할 텐데. 안 그래?"

피터 레이놀이 옆을 보며 말했다. 그러자 구현진이 함박웃음을 지었다.

"하하, 지켜봐요! 올해 메이저리그는 아주 재미있어질 겁니다."

"하긴, 나도 기대가 돼. 앞으로의 에인절스의 야구가……"

두 사람은 흐뭇한 얼굴로 두 아들을 바라보았다.

The End

백수귀족 판타지 장편소설
Wish Books
바바리안
퀘스트
하늘산맥은 영혼들의 쉼터였고,
산 자는 하늘산맥을 올라선 안 된다.
모두가 그리 믿고 있었다.
"너는 위대한 전사가 될 거다, 유릭."
촉망받는 부족전사 유릭은 하늘산맥을 넘었고,
그곳에서 스스로를 문명인이라 칭하는 사람들과 마주한다.
『바바리안 퀘스트』
야만인 유릭이 문명세계로 간다.

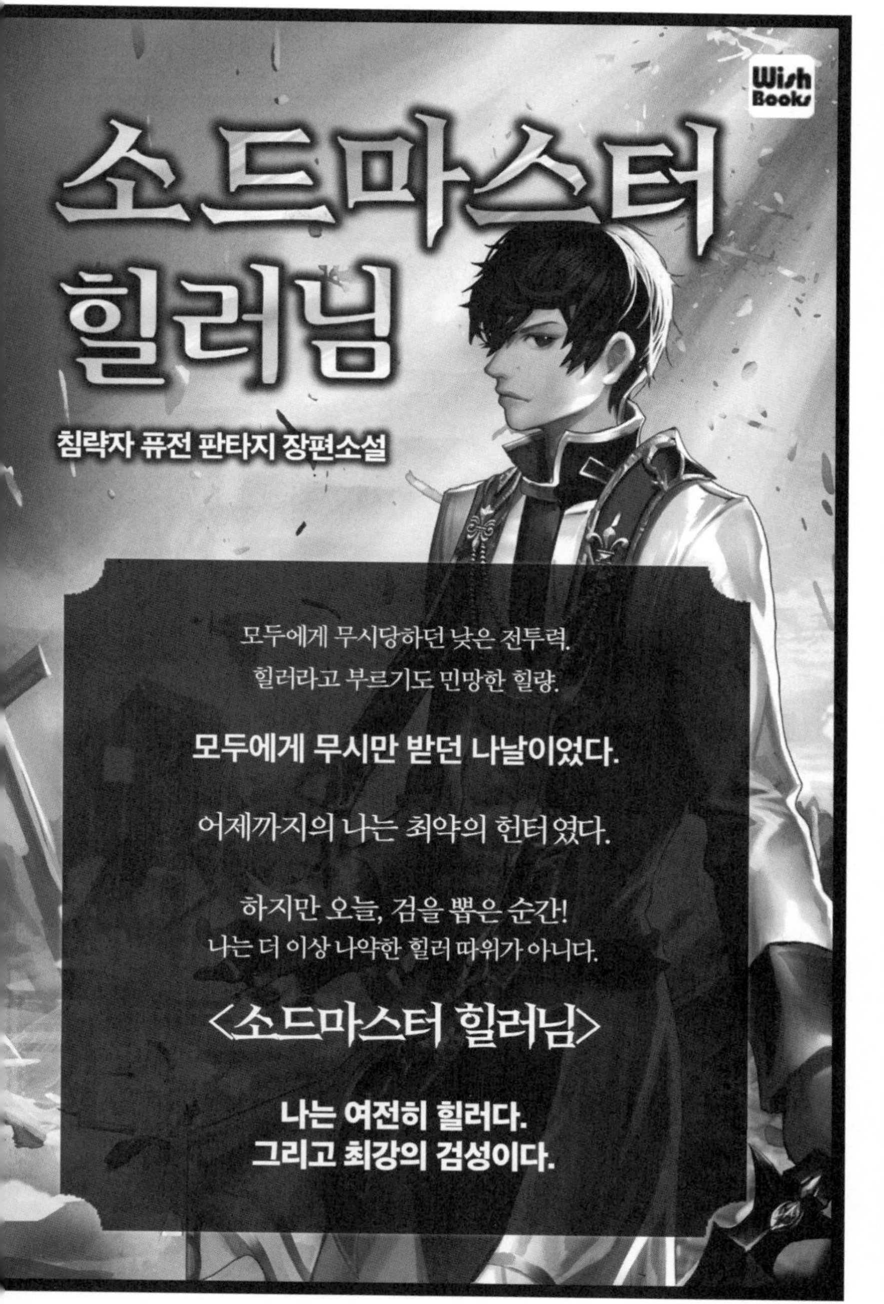
Wish Books
소드마스터 힐러님
침략자 퓨전 판타지 장편소설
모두에게 무시당하던 낮은 전투력.
힐러라고 부르기도 민망한 힐량.
모두에게 무시만 받던 나날이었다.
어제까지의 나는 최약의 헌터였다.
하지만 오늘, 검을 뽑은 순간!
나는 더 이상 나약한 힐러 따위가 아니다.
<소드마스터 힐러님>
나는 여전히 힐러다.
그리고 최강의 검성이다.

OTHER VOICES

악마의 음악

WISHBOOKS MODERN FANTASY STORY

경우勁雨 현대 판타지 장편소설

[악마의 목소리가 담긴 음악으로
세상에 행복을 줄 수 있을까?]

지미 헨드릭스부터 라흐마니노프까지
꿈속에서 만나는 역사적 뮤지션!

노래를 사랑하는 소년에게 나타난 악마.
그런 소년에게 내려진 악마들의 축복.

악마의 음악

수많은 악마의 축복 속에서
세상을 향한 소년의 노래가 시작된다.